斬首の森

澤村伊智
SAWAMURA Ichi

光文社

斬首の森

目次

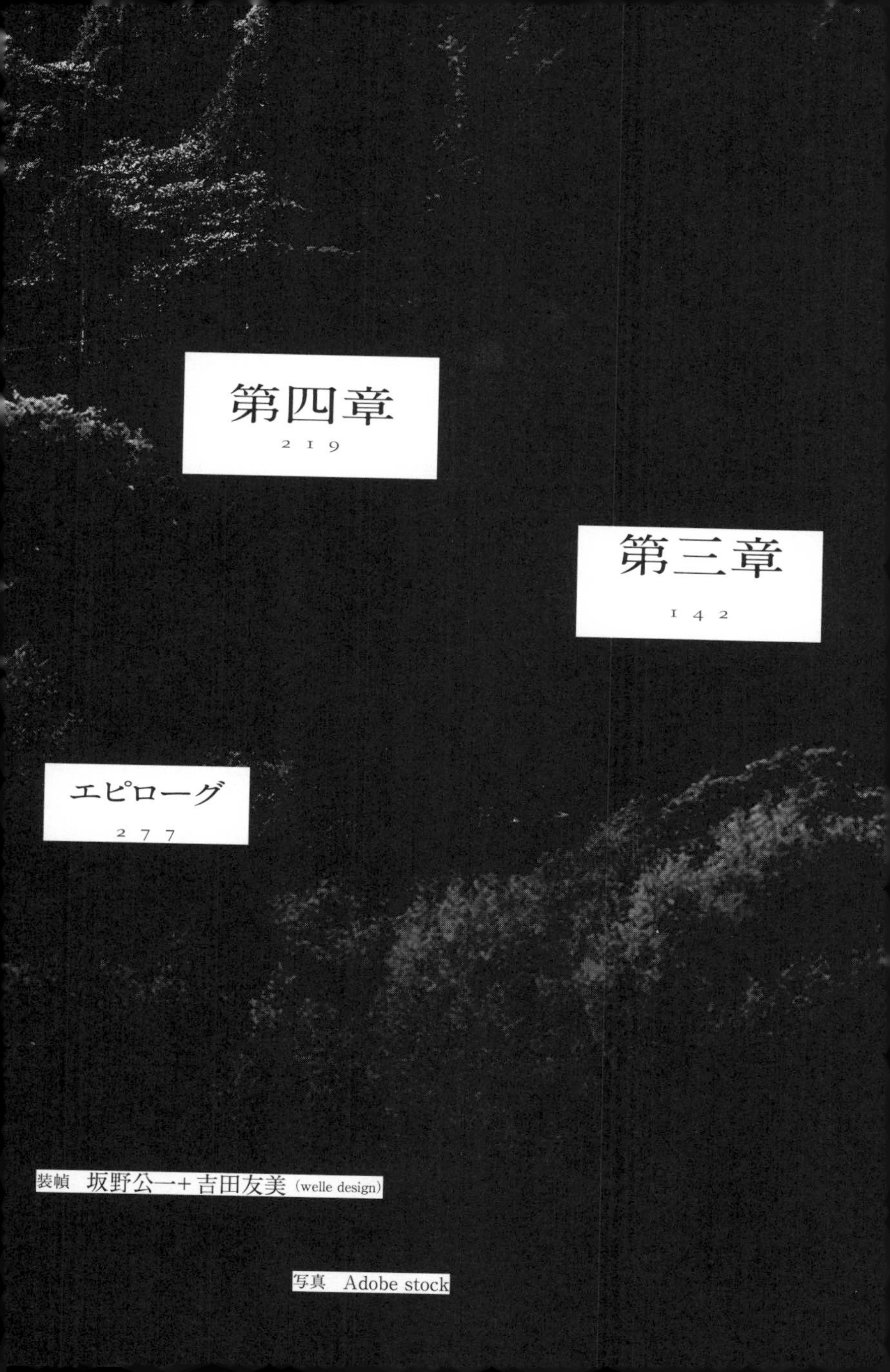

装幀　坂野公一＋吉田友美（welle design）

写真　Adobe stock

プロローグ

駅のベンチで電車を待ちながら、わたしは達成感に浸っていた。

やり遂げた。

誰にも言えない、胸を張ることもできない、地味な作業を済ませた。だからこそ嬉《うれ》しかった。

地道に。一つ一つ丁寧に。

積み重ねて、繰り返して。多くを望まず、穏やかに。

今のわたしに相応《ふさわ》しい生き方だ。

かつてのわたしが選ばなかった生き方だ。

そうだ。こうやって生きていこう。

彼らにも、彼らみたいな人たちとも関わらず、ひっそりと。

この先ずっと。


電車がホームにやって来て、止まった。

大袈裟《おおげさ》な音を立てて、ドアが開く。

わたしは立ち上がって、歩いて、ホームと車両のわずかな隙間を跨《また》いで、電車に乗り込んだ。どれも特別なことなど何もない、自然な動作だった。

取材Ⅰ

断れない女、だと思った。

自己肯定感が低い女、だと思った。

だから「ありがとう、助かったよ」「君のおかげだよ」と感謝されたくて何でも安請け合いしてしまい、悪い方へ悪い方へ進んでしまう女だ。

目の前に座っている女は、おそらくそういうタイプだ。

今はどうか分からないが、二十数年前、ＡＶ女優にこの手のタイプが少なからずいた。まだスカウトが元気だった頃の話だ。大学を出て最初に勤めた編集プロダクションでは、コンビニ売り、書店売りを問わず成年男性向け雑誌を丸受けしていて、その手の女とは月に何度も、撮影で顔を合わせていた。

彼女らは素面《しらふ》なのにヘラヘラしていた。単体にもキカタンにも企画にも、同じ笑みを浮かべている女は一定数いた。

向かいに座る女の仕草。目の泳がせ方。どちらもあの女たちとよく似ている。やけに甘ったるい香水のにおいを漂よわせている点も。

だからか。

だからこの女は、あんな怪しい組織に――

いや、これは偏見だ。

沸き上がった第一印象を斬り捨てると、小田和真《おだかずま》は目の前の長机にスマートフォンを置いた。録音アプリが既に起動していた。予備のＩＣレコーダーを隣に並べ、こちらも録音ボタンを押す。

「はい、これで録音開始、と。改めまして、『週刊光文《しゅうかんこうぶん》』記者の小田と申します」

実態はフリーの記者で、『週刊光文』編集部から長く仕事を受けているだけだが、わざわざ明かすことはないだろう。スマートフォンとレコーダー、両方の画面に表示された波形《はけい》が、小田の声に合わせて激しく動く。ちゃんと録音されている証拠だ。

「本日は遠いところお運びいただき、ありがとうございます。こんなボロいところで恐縮ですが」

「いえ……ここの方が、いいです」

女がおずおずと、口を開いた。

「周り、気にしなくていいし、それに……あ、これ、録《と》ってるってことですよね。今、ちゃんと録れてますよね。大丈夫ですよね」

心細そうな微笑を浮かべる。

「ええ」

小田は答えた。

「どうぞ、続けてください。まずは簡単な自己紹介から」

「はい。水野鮎実《みずのあゆみ》、三十一歳。フリーター、です。今のとこで働いて一年ちょっと。あそこから逃げ出して……」

ここで不安げに、周囲に視線を走らせる。小田は急《せ》かしたくなる気持ちを抑えて、彼女に倣う。

出版社の会議室だった。

自社ビルの最も奥まったところにある、最も狭い会議室。こんな部屋でも自由に使えるのは社員だけなので、小田は付き合いの長いデスクに頼み込み、使用許可を申請してもらっていた。

ここに入った時からドアを全開にしてあった。女——鮎実に余計な不安を抱かせないための配慮だ。場所が場所だけに誰も廊下を行き来しないが、遠くの物音は聞こえた。

鮎実が再び口を開いた。

「逃げ出して、とりあえず引っ越して、お金が続くまで出歩かないようにして……でも、そんなに長くはできなくて、アルバイトを始めました。人前に出なくていいバイトです。幸い見付かってないみたいで、続けられてます。会社の人たちも、みんないい人だし」

ごしごしと鼻を擦《こす》る。

ちぐはぐだ、と小田は感じた。

年齢の割に顔は幼い。目は大きいがそれ以外のパーツは小さく、未成熟だ。だが指は長く掌《てのひら》は大きく、ゴツゴツしている。手の甲には血管も目立つ。

「今は、ええと、ＰＴＳＤとかも、ないです。これ、駄目ですかね。あんまり面白くないですかね」

「とんでもない」

背も高い。胸は平らだが肩幅はある。本人も体形を気にしているらしく、服は上も下もオーバーサイズだった。小田の目には単なるスウェットの上下にしか見えないが、世間ではもっと洒落《しゃれ》た呼び名があり、洒落た恰好《かっこう》と見なされているのかもしれない。

「あっ、でも夜中に魘《うな》されたりとかは、します。汗びっしょりで目を覚ますんです」

彼女の齟齬《そご》全てが、小田にはだらしなく感じられた。だからか、とまた納得してしまう。また偏見だと意識し、また斬り捨てる。

「魘される——というのは、悪夢を見るからですか?」

「見たんだと、思います。内容は全然覚えてないので。いつもそうです。飛び起きるといつも、完全に忘れてます」

「そうですか」

「でも、何となくですけど、分かるんです。あの時のこと夢に見たんだなって。ええ」

「どんな夢ですか?」

「ええと……多分……」

言葉に詰まる。

「多分?」

小田は促したが、鮎実は答えなかった。椅子の上で身を竦《すく》め、無言で小田のスマートフォンを見つめている。

笑みが消えていた。

顔から血の気が引いていた。

小田は黙して待つことを選んだ。目の前の女は停滞しているのではない。振り絞っているのだ。忌まわしい記憶を。

「T」の合宿所で「研修」という名の暴力と、洗脳行為を受けた記憶を。

これは取材だった。

言葉巧みに人を誘い、集め、洗脳して飼い慣らし搾取するカルトじみた企業「T」の実態を暴くための取材。

鮎実は被害者で、「T」は彼女が関わっていた当時の社名だ。現在は倒産し、経営陣は行方をくらましているが、遠からず別の社名で同じ商売を始めるだろう。同じくらい凡庸で没個性で、ネット検索に引っかからない社名で。

いや——既に始めているかもしれない。

小田は古びた椅子の上で姿勢を正した。目の前の鮎実から、確実に「T」の実態を聞き出さなければならない。これまで「T」の被害者で、取材に応じた人間は一人もいなかった。そもそも見付けるのが至難の業だった。

とあるSNSに小田が個人で開設しているアカウントに、「取材を受けてもいい」とメッセージを送ってきたのが鮎実だった。小田は仕事で久々に狼狽《ろうばい》した。記者であることをプロフィールで明かし、カルト商法について取材していることを小まめに発信していたが、「T」の被害者から連絡が来るとは想像もしていなかったからだ。鮎実が研修に参加したと知って更に狼狽《うろた》えた。大慌てでスケジュールを調整し、取材日程と場所を決めた。それが三日前のことだった。

「研修……研修」

鮎実が小声で言った。

やはりそうか。

彼女は過酷な合宿の夢を見たのだ。

まずはそこから語ってもらおう。「T」との出会いはDMで大まかに聞いている。時系列に沿って話してもらう必要もない。整理するのは自分の仕事だ。

小田が考えた、まさにその時。

「研修をやってた……合宿所」

「ええ」

「悪夢は、そこから、逃げ出した後のことだと思います」

「逃げ出した？」

初耳だった。

事前のＤＭの遣《や》り取りでは全く聞いていない。

「はい」

鮎実はまたヘラヘラと弛緩《しかん》した笑みを見せたが、それも数秒のことだった。

「いろいろあって、逃げ出したんです。三日目……そう、三日目の夜です。深夜。逃げ出して、それから、逃げて、逃げて……でも迷っちゃって」

声が震えていた。

「みんなで、みんなで出られるように、いろいろしたんですけど、でも、出られなくて。あの」

口元を拭う。

「みんな迷子になったんです。いろいろあって逃げ出して、でも迷っちゃって、出られなくて、夜になって、そこからいろいろ、あの、あの……」

要領を得ない。

「あの……森」

森とはなんだ。

それ以前に「いろいろ」が多い。

ただでさえ想定外の発言であるうえに、肝心なところが分からない。何がどうなっているのだ。

疑問と困惑が顔に出ていたのか、鮎実は「あ」と済まなそうに言う。

「そこを詳しく話すんですよね。いろいろを……そのための取材ですもんね」

「ご自分のペースで大丈夫ですよ」

小田は作り笑顔で答えた。テーブルの隅に置いてあったレジ袋を引き寄せ、中身を出す。水、緑茶、ウーロン茶、紅茶、ジャスミン茶、コーヒー……五百ミリリットルのペットボトルを並べ、

「どうぞお好きなものを」と勧める。

鮎実は緑茶を選んだ。

震える指でキャップを開け、一口飲んで大きく息を吐く。

「ごめんなさい」

「全く問題ありません」

小田は静かに答えて、鮎実が落ち着くのを待った。自分用に買っておいたブラックの缶コーヒーを飲む。ただの苦くて不味《まず》い、黒い液体だが、胃に流し込んでいるうちに、はやる気持ちが少しずつ引いていった。

たっぷり五分は経《た》っただろうか。

ペットボトルの中身を半分ほど飲んだところで、鮎実が溜息《ためいき》を吐《つ》いた。

「お待たせして、すみません」

「とんでもない」

「いけます。喋《しやべ》れそうです」

「ありがとうございます」

何度か深呼吸して、彼女は再び話し出した。

「じゃあ、話したいところから、話します」

「ええ」

「わたしは、あの会社に誘われて、入って、研修に行きました」

「ええ」

「研修はとても、キツくて。怖くて。でも何か、楽しいとこもあって」

「ええ」

「それで、それでわたしは……わたしたちは」

ペットボトルのラベルを見つめながら、鮎実は何度も躊躇《ためら》った末、言った。

「人を殺しました」

第一章

一

マサキさんの死体は、早くも変なにおいを放っていた。

腐っているのとは違う。

分かりやすく臭いわけでもない。

でも嗅ぐだけで気持ちが沈む。

やっぱり「変な」としか言い様がない。病院のベッドの上で死んだ父さんのにおいとも違う。あの時は消毒液や薬や、病院にある諸々《もろもろ》のにおいも混じっていたんだな、と気付く。

死臭だ。

これこそが死臭だ。

人の形をしているだけで、もう人ではない、肉の塊のにおい。ちょっと前まで泣きながら大声で喋っていたのに。

マサキさんの死体を運びながら、わたしは思った。四人がかりで、それぞれ手足を摑《つか》んで持ち上げ、廊下を歩いている。

息が合わない。足並みも揃《そろ》わない。

廊下がやけに狭いせいで、すぐ壁にぶつかる。角を曲がるのもやっとだ。おまけにゴム手袋も気持ち悪い。「持ちやすいから」と部長が貸してくれたものだけど、全然だった。

わたしは右足を持っていた。

わたしの周りに、見えない膜がかかっているのを感じた。

左足担当のシンスケさんがブツブツ独り言を口にしている。相変わらず薄笑いを浮かべているけれど、初めて顔を合わせた一昨日《おととい》とは違い、頬はげっそりこけている。隈《くま》もすごい。そのうちシンスケさんの独り言が、少しずつ聞き取れるようになっていった。

「……なるほど、なるほど、なるほどねえ。なるほど、なるほど……」

何が「なるほど」なのだろう。

他の二人も不思議そうに、ちらちらとシンスケさんを見ていた。

前を行く部長が立ち止まった。わたしたち四人も慌てて立ち止まる。

振り向いた部長の馬面には、いつもの優しい笑みが浮かんでいた。

「どなたですか？」

手にしたマグライトで、トントンと自分の肩を叩《たた》く。

死体が重い。下ろしたい。でもきっとそれは悪いことだ。下ろしたら失敗で人間として終わっていて、クズでゴミで二度と這《は》い上がれない。だからわたしたち四人は死体の手足を持ったまま、姿勢を正した。

「どうして誰も答えないんですか？」

どうしてだろう。答えないとクズでゴミなのに。シンスケさんです、その一言が出せない。他の二人も言わない。シンスケさんは元々この合宿自体を引いて見ている感があったから、この期に及んで反抗的な態度をとり続けるのも分からなくはないけれど。

また膜を感じた。

部長はわたしたちを順に睨《にら》んだけれど、やがて「急ぎますよ」と再び歩き出した。わたしたちはすぐその後に続いた。


外は真っ暗で、小雨が降っていた。

草木のにおいがとても濃く、死体のにおいが分からなくなった。

部長の足取りは確かだった。厚手の、ちゃんとしたレインコートを着ていて、動きにくそうだったけれど、それでも進むべき道を進んでいるのが分かる。わたしたちは彼がマグライトで照らす方を目指すだけでよかった。それでもみんな何度も躓《つまず》いて、転んで、マサキさんだったモノを落としした。その度に部長に謝った。すみません、ごめんなさい、申し訳ありません、二度とこのようなことはしません――

部長は「はい」としか答えなかった。あとはマグライトを振って〝歩け〟と指示するだけだった。

少し開けたところに出ると、部長は地面にマグライトを向けた。

「まず服を脱がせてください」

「はいっ」

右手を持っていた男の人――名前は忘れた――が答えた。それを合図に全員が、マサキさんから手を離した。一気に楽になった。解放された。さあ、次にすべきことをしなければ。

肩で息をしていた左手の女性――こっちも名前は忘れた――が、真っ先に跪《ひざまず》いてマサキさんの服に手をかける。慣れている、と思った。でも覚束《おぼつか》ないところもある、とも思った。思いながらわたしとシンスケさんはジャージのズボンに手をかけ、息を合わせて脱がせた。

裸になったマサキさんはますますモノのように見えた。

色黒なのに、ライトに照らされた肌を「白い」と感じた。

部長がそれまで提げていた大きなバッグを、どさっと地面に投げ出した。ジッパーを開ける。中に入っていたのは長柄の、錆《さ》びたシャベルが四本。わたしたちは無言でシャベルを拾い上げる。

「まだです」

部長の冷たい声が飛んだ。彼がバッグの奥から、五十センチほどの四角い棒のようなものをいくつも引っ張り出す。

ラップだった。ラップフィルム。食べ物をレンチンする時や冷蔵庫に仕舞う時に被《かぶ》せる、薄くて透明なシート。赤、黄色、青。紙のケースの色と、白い商品のロゴマークが、マグライトの光の中でやけに目立つ。

どうしてこんなものが、ここにあるのだろう。思ったその時、部長が言った。

「これで全身を」

「全身を……？」と女性。

奇妙な間があった。部長が溜息交じりに答える。

「巻くんだよ。ぐるぐる巻きにしろ」

初めて聞く乱暴な口調だった。

四人がかりで手分けして、マサキさんだったモノをラップで巻いた。持参したラップ全部を使い切って、肌が少しも見えないようにした。死体に幾重にも巻かれたラップはマグライトの光を反射して、キラキラ光っていた。

大きな大きな蛹《さなぎ》だ。それか金属の繭《まゆ》。

そんなことをぼんやり思いながら、わたしはシャベルを手にした。

男の人とシンスケさんの真似《まね》をして、わたしは地面にシャベルの刃を突き立て、足をかけて、土を掬《すく》った。女の人はわたしの半分も動けなかったけれど、部長は何も言わなかった。わたしたちも黙っていた。

ザクザクと土を掘る規則正しい音を聞いていると、段々と心が落ち着く。終わらせよう。淡々と、黙々と。やるべきことをやろう。

四人がかりでも、人一人をすっぽり埋められる穴を掘るのには時間がかかった。二時間か、三時間か。とにかく長かった。わたしたちが弱っているせいもある。ご飯らしいご飯もずっと食べていない。「ずっと」が具体的にどれくらいなのかも分からない。

疲れ果てたシンスケさんと女の人を外に残し、男の人とわたしは穴に入って、黙々とシャベルを振るっていた。

ぐじゅ、と変な音がした。妙な感触が刃と柄を通して手に伝わる。シャベルが何かに当たったらしい。

わたしは土を退《ど》けて、足元に目を凝らした。

キラキラした何かが見えた。マグライトの光を反射している。わたしたちが埋めようとしているものと、同じ輝きだった。

巻かれたラップフィルムの中に、長い髪が見えた。その向こうに開いた唇と、白い歯が――

「もう充分でしょう、出てください」

部長の声が上から聞こえた。いつもと同じ、落ち着き払った口調に戻っていた。

外の二人に引っ張ってもらって、男の人とわたしは順番に穴から出た。四人でマサキさんを穴に投げ入れ、土を被せて、今度は穴を埋める。掘った時に比べたら一瞬だった。

「ご苦労様でした」

部長の声を合図に、わたしたちはシャベルを仕舞った。部長の先導で歩き出す。バッグはシンスケさんが持たされていた。わたしの後ろ、最後尾を、ぜいぜいと息を切らして歩いている。

とんとん、と彼に背中を突《つっ》かれた。

と同時に、耳元で彼の声がした。

「振り返るな。前を向いて歩け」

わたしは言われたとおりにした。シンスケさんはガシャガシャとバッグを鳴らしながら、小声でわたしに言った。

「分かるよな。どうやらここで人が死んだのは、今回が初めてじゃなさそうだって」

そうだろう。

今回を含めて最低でも二人。

「慣れてやがった。段取りが決まってた。単純に死体処理だけじゃなくて、それを支配、従属に組み込めるようにしてる」

途中までしか分からなかった。

支配とは、従属とは。

急に何の話をしているのだろう。

「あの程度の重さなら一人で簡単に運べるんだよ。山道はともかく、室内はな。知ってるだろ。シーツに乗せて引っ張るんだ。家電や家具なんかを運ぶ時に使う、生活の知恵さ」

「ああ……」

声が出てしまい、慌てて口を噤《つぐ》む。

前の人たちが気付いた様子はない。部長も。

「なのにそうしない。俺らに運ばせて、埋めさせた。意味なく共同作業にして、秘密を共有させたんだ。万が一、俺らが正気に戻っても脅しに使える。バレたらどうなるか分かってんだろうなって」

バレたら、とは。

どうなるか、とは。

「俺たちがさせられたのは、純然たる死体遺棄だ。あいつらのしたことは殺人にも等しい。俺たちは犯罪の片棒を担がされてんのさ」

そうなのか。

本当にそうなのか。

だとしたらこれは、この集まりは。

わたしは歩きながら、全神経を耳に集中させていた。

ややあって、声がした。

「だが気になるのは、ラップで巻いたことだ。どういうつもりだ？　まあ、単にその辺については素人だからってことも考えられるが……」

彼は少し黙って、言った。

「まあ、いい。俺は抜けるぞ。あんたはまともそうだから声をかけた。どうだ？」

質問だと分かった。誘っているのだと理解できた。

わたしは答えた。

「どうって。冗談ですよね」

他に答えるべき言葉を思い付かなかった。

ガシャ、とバッグを一際大きく鳴らして、シンスケさんは完全に黙った。

二

天井が近かった。

違う。これは〝上の段〟の裏側だ。

わたしは二段ベッドの下の段で仰向《あおむ》けになっていた。

とても疲れていた。全身が筋肉痛で、寝返りを打つことすらできない。目が覚めたのも、きっとこの痛みのせいだろう。

いつの間に眠ったのか。どれくらい眠れたのか。窓がないので分からない。

二段ベッドが四台あるだけの、狭くて暗い部屋にいた。

わたしのではない寝息がする。衣擦《きぬず》れの音。意味をなさない寝言。溜息を吐いた誰かさんは眠れないのだろう。ぎし、と上の段が軋《きし》んだ。

あの後のことを思い出していた。

合宿所に帰ってすぐ、服を着替えさせられた。それから研修室に行った。中断していた夜の部のセミナーが再開された。と思ったらすぐ終わった。今度は休止ではなく中止だった。部長がスマホで誰かと話して「中止します」と声を張った。電話の最中は渋っていたように見えたけれど、誰と話していたのだろう。

とにかく、この日のセミナーは終わった。

就寝です、と部長に言われた。わたしたちは各々割り当てられた部屋に戻って、順番にシャワーを浴びて、寝支度をして、寝た。

参加者はちょうど三十人いたけれど、今は二十九人だ。マサキさんが死んでしまったから。

彼は何歳くらいだったのだろう。四十を超えていたような気もするけれど、もっと若かったのかもしれない。とても痩せていて、全然体力がなくて、ずっとへばっていた。声も出ていなかった。

それだけならいい。あの人は隠し事をしていた。心に鍵《かぎ》を掛けていた。

自分の傷を打ち明けろ、心を解錠しろ、澱《おり》を全部吐き出せ――あれだけ部長にも課長にも係長にも、正社員の人たちにも言われたのに、マサキさんは別れた奥さんと家族のことを言わなかった。

プライバシーがどうとか言って。

だから正社員の人たちに〝レクチャー〟されたのだ。それも第四段階まで行ったのだ。

第一段階。

三角締め、と言うのだろうか。正社員の人たちにそれで何度も絞め落とされる。苦しそうだった。途中で何度も吐いて、もちろん怒られて、自分が吐いたものを食べさせられていた。

第二段階。

氷水に腕を肘まで、足を膝まで漬けられる。冷たそうを通り越して痛そうだった。繰り返すうちに手も足も変な色になった。

第三段階。

床に転がされた彼の上に、わたしたちが乗る。十人は乗っただろうか。わたしは上の方だったからそれほどでもなかったけれど、下の人はかなり重かっただろう。退いたら彼らはぐったりしていた。もちろんマサキさんは、もっとぐったりしていた。涎《よだれ》を垂らして、まともに立てなくなっていた。辛うじて話せたけれど、それでも心を解錠するのを嫌がった。

そして第四段階。

あれは……何と呼ぶのだろう。何という名前なのだろう。

研修室の奥に、樹木に似せたオブジェがあった。材質は樹脂だろうか。天井まで届く、大きな偽物の木だった。畳も壁も新しいのに、オブジェだけは妙に古く、ところどころ汚れていた。塗装が剝げて、樹脂本来の白っぽい色が露《あら》わになっているところもあった。

どの枝からも細い白い紐《ひも》がぶら下がっていて、その全部の先に金属の棒が結わえてあった。手に持って振り回すには、ちょうどいい長さと太さの棒だった。

部長は木のオブジェの前にマサキさんを転がして、紐が一番長くて、地面すれすれにぶら下がっている棒を渡した。これで自分を討伐しろ。そうマサキさんに言った。

そうだ。討伐だ。

命令どおり、マサキさんは金属の棒で、自分の頭を殴った。座っていたし、全然力が入っていなかったけれど、当たったのがこめかみの辺りだったせいか、白目を剝《む》いて倒れた。社員さんに起こされて、また討伐をして、倒れた。また起こされて、また討伐して、倒れた。マサキさんが呻《うめ》くことくらいしかできなくなってからは、社員さんが交代で、マサキさんの腕を掴んで振り回して、代わりに殴ってあげていた。こめかみ、顔、顎、首。自分で殴っているテイで何度も何度も殴られて、マサキさんは動かなくなった。

わたしたちはそれを「気を付け」の姿勢で見ていた。わたしは疑問に思っていた。

どうしてマサキさんは抵抗したのだろう。

苦しいなら、痛いなら、辛《つら》いなら解錠すればいい。死にたくなければ心の澱を吐き出せばいい。

何でそんな簡単なことが……

ざっ、ざっ、と耳元で音がして、わたしは我に返った。

〝上の段〟の裏が見える。わたしは部屋にいる。二段ベッドが四台置いてあるだけの、狭く暗い部屋に。今はみんなの寝息しか聞こえない。一瞬だけ寝落ちしていたのだ、と気付く。さっきの音は現実の音ではない。脳の中で響いた音だ。脳が記憶の中から、適当に引っ張り出して編集して加工した音。

シャベルで穴を掘る音、だ。

ここに存在しないはずの、土のにおいが鼻を突いた。

草木の青いにおいも。

死体のにおいも。

（俺たちは犯罪の片棒を担がされてんのさ）

（冗談ですよね）

あっ、と声を上げそうになって、堪《こら》えた。

寒気が一気に押し寄せた。

筋肉痛の腕を持ち上げて、鼻先に手を持ってくる。暗い中でも分かる。手も、指も、音が聞こえそうなほど激しく震えている。カチカチ、と歯が鳴って、咄嗟《とっさ》に食い縛った。

心臓が鳴っていた。呼吸が乱れていた。

頭は冷静だった。

そして膜が、膜があった。

わたしの周りに、見えない膜があった。それが今、ずるずる剝がれて、落ちていく。

肌が部屋の空気に、直《じか》に触れた。

鼻が部屋の空気を、直に嗅いだ。

頭が記憶を直に受け止めた。心が直に思った。

わたしが、わたしたちがさせられたことは――

人殺しだ。リンチ殺人だ。

おまけにそれを隠した。

ここは異常だ。異常な会社がやっている、異常なセミナーだ。いや、本当に会社かどうかも怪しい。狂っている。まともじゃない。

どうしよう。どうしよう。

わたしは恐れた。恐怖した。ここにいることを、ここでしたことを。

起きているのに目を覚ますことはあるのだ――と、心の一部だけがやけに呑気《のんき》なことを思った。

それをきっかけに、わたしはわたしを疑問に思う。記憶に目を凝らす。

落ち着け。落ち着け。

殺したのは、直接手にかけたのは正社員の人たちだ。わたしではない。でも途中。第三段階では。わたしも加わった。研修生のみんなと一緒に、マサキさんを圧《お》し潰した。

楽しかった。

みんなも楽しそうだった。

正社員たちに言われたとおりのことを、マサキさんにする時の、あの人たちの顔。わたしと同じくらい疲れていたけれど、ぼろぼろだったけれど、満ち足りた様子だった。

そう。あれは要するに、落ちたのだ。

この会社のような組織に、支配されてしまったのだ。洗脳されてしまったのだ。

そう、洗脳だ。このセミナーはそのためのものだ。そしてわたしもつい数分前まで、あっち側にいたのだ。

分かる。分かってきた。でもそれが怖い。

どうやって逃げよう。無理だ。どうやって帰ろう。無理だ。

わたしは、ここがどこかも分からない。

集合場所は新宿《しんじゅく》西口から少し歩いた、ビル街の一角だった。三台並んで停《と》まっていたマイクロバスの、二台目にわたしは乗った。

全ての窓にカーテンが掛かっていた。

「開けないように」と正社員さんに言われた。

バスが走り出してすぐ、彼はこれからの予定を話して、わたしたちを褒《ほ》め称《たた》えた。あなたたちは選ばれた人だ、立派だ。私どもは感謝している。乾杯をさせてくれ。

前のシートの背もたれのネットに、三百五十ミリリットルのペットボトルが入っていた。レモンティーのような色の液体だった。正社員さんは「特別なお茶」と言っていた。

わたしたちは正社員さんの音頭で「特別なお茶」を飲んだ。嬉しくなった。眠くなった。

気付いたのは正社員さんに起こされた時だ。言われるがままにマイクロバスを降りて、舗装されていない道を上って、この合宿所に着いた。昼間だった気がするが、朝だったかもしれない。スマホや時計はバスに乗る時点で、正社員さんに預けていた。そうしろと言われたから。

何の疑問も感じなかった。

デバイスを奪われて、知らないところに連れて来られた。そんな異常なことにすら、わたしたちは気付いていなかった。

何も分からないままの方がよかった。洗脳されたままの方が。いや、それはおかしい。でもそう思いたくなるほど今は怖い。

わたしを覆っていた見えない膜は、どこかに消えてしまった。

わたしは人殺しに加担した。死体を埋めて隠した。

それに、隠し場所には既に死体があった。マサキさんにわたしたちがしたみたいに、ラップに包まれた死体が。

手がネトネトする。掴んでいたマサキさんの足の感触が甦《よみがえ》る。ゴム手袋をしていたのに。帰ってから洗ったのに。

逃げたい。でも逃げられない。

いっそ死にたいとすら思う。それが一番、楽かもしれない。

そう思った時。

廊下から足音がした。近付いてくる。

何か怒鳴っている。叫んでいる。

相部屋の人たちが起きるのが、音と気配で分かった。

「……じだ……！」

切羽詰まっている。

耳を澄ましたその時。

「火事だ！　火事だーっ！」

男の人の声だった。

どたどたどた、と足音が部屋のドアの前を通り過ぎた。

三

最初に感じたのは焦げ臭さだった。

寝ていてもはっきりと分かった。

キャンプ、焚《た》き火、バーベキュー。呑気で平和なことを思い浮かべたのは一瞬だけで、すぐに気持ち悪くなった。鼻と喉の間が痛い。燃やしてはいけない何かが燃えて、人間によくない物質が漂っているらしい。

隣のベッドの上段に寝ていた人が、ぎしぎしと梯子《はしご》を鳴らして下りてきた。名前は思い出せない。顔も見えない。わたしと同じジャージの、わたしより長い足だけが、すぐ側《そば》を通り過ぎる。

彼女はドアをそっと開けた。途端に「うえっ」と声を上げて仰《の》け反《ぞ》る。

ドアの隙間から、廊下の明かりが差し込んだ。煙が入ってくるのがはっきり見えた。

足音や怒号もはっきり聞こえた。

生暖かい空気が頬を撫《な》でた。

ドアを開けた彼女はゲホゲホと激しく咳《せ》き込み、その場に蹲《うずくま》る。同室の人たちが「ヤバいヤバい」「うわあ」「逃げよう逃げよう」と口々に言う。バサバサと掛け布団を剝ぐ音がする。

「あんた、あんたも早く逃げないと」

わたしより一回り上くらいの女性が、ベッドを覗《のぞ》き込《こ》んで言った。それでやっと身体《からだ》が動いた。

みんなが次々に身を屈《かが》めて、先を争うように、互いを押し退《の》けるように部屋を出て行く。最初にドアを開けて咳き込んでいた女性も、嘔吐《えず》きながらその後に続く。

「あ、あ、待って」

弱々しい声を出していたが、もちろん誰も待ってはくれなかった。わたしは最後に部屋を出た。腰を落として、ほとんどしゃがんだまま、のろのろと。

廊下には灰色の煙が充満していて、一メートル先も見えなかった。焦げたにおいはいよいよ強くなっていて、少し嗅いだだけで痛くて吐きそうで涙が出た。それでも我慢して少しずつ進む。角を曲がって少し進んで、また角を曲がる。出入り口は、こっちだ。こっちで合っている。

でも本当にそうだろうか。

さっきから誰とも会わない。追い抜かれることも、声をかけられることもない。トロいわたしが最後尾なだけかもしれないけれど、さすがに不安になる。

遠くで誰かの悲鳴がして、わたしは立ち止まった。

今のは誰だろう。どっちから聞こえたのだろう。視界はとても悪く、鼻も利かない。

空気が熱くなっていた。

意識がぼんやりしていた。服の下はいつのまにか汗だくで、でも気持ち悪いとも感じなくなっている。

曖昧《あいまい》になっていた。

服と汗とわたしと、空気と煙の境界が、この瞬間にもボヤけている。

袖で鼻と口を覆ったけれど、手遅れだった。意識はますます薄らいで、見えているものも聞こえているものも、触れているものも遠くなる。

いつの間にか、わたしは廊下に腹這いになっていた。辛うじて前に進んでいる。伸ばした手が大きなものに触れる。リュックサックか、マットレスか。布地ではある。そして重い。押し退けることができない。何の荷物だろう。どちらにしろ、とても邪魔だ。

ぼんやり考えながら荷物を乗り越えようとして、手を突いて、気付く。

人だった。

大柄な男の人が横たわっていた。わたしと同じジャージを着ていた。合宿の参加者だ。よく声を出していて、返事も力一杯で、一番頑張っていた人だ。そう、マサキさんにレクチャーする時も、やってみろと言われて最初にやっていた人。あの時は凄《すご》いな、偉いなと思った。でも今は。

目をうっすら開けていた。口も開いていて、身体のどこにも力が入っていない。表情もない。どちらかといえばがっしりしていて、胸板も厚いのに、妙にひしゃげて見えた。重力に引っ張られて、潰れているように。

死体だ。この人は死んでいる。

考える前に分かった。

立ち込める煙の向こうに、〝荷物〟がいくつも転がっているのが見えた。丸くなったのも、だらりと手足を伸ばしたのもある。

わたしも死ぬんだ、とようやく気付いた。

崖っぷちにいるような気がした。

死体に突っ伏した途端、意識がゆっくりと谷底に落ちていく。死体と一緒に、何もない、真っ暗な、果てしない谷の底に、どこまでもどこまでも――

これが「死ぬ」か。

ぼんやりそう思った時。

ぐい、と乱暴に襟を掴まれた。


「おーい」

声がした。

わたしは寝ている。

仰向けで、冷たいところに寝ている。

喉が痛い。鼻も口も痛い。

目も開かない。瞼《まぶた》が固まっている。どうやら目脂《めやに》らしい。そうだ、煙に巻かれたからだ。よくない物質がたくさん混じった煙に。

目を擦って、無理やり瞼を開いた。

男の人と目が合った。わたしを覗き込んで、ニッと歯を見せる。やつれてはいたけれど、整った顔。高い背。逞《たくま》しい身体。わたしと同じジャージ。この人は。

「ああ、よかった。目が覚めた。大丈夫ですか？」

ええ、と答えようとして、わたしは咳き込んだ。無意識に寝返りを打ったところで、男の人に背中を擦《さす》られる。大きな手だった。

「……大丈夫、です」

咳《せき》が治まったところで、わたしは答えた。

顔はまだ上げられない。草と木の枝と、軟らかい土と、ごつごつした石が見える。両手が草を押し潰していた。夜露、いや――朝露が手に触れて冷たい。服も濡《ぬ》れている。特に背中が。不快感に顔を上げてやっと気付く。

わたしは森にいた。

木々は鬱蒼《うっそう》と茂っていて、辺りは薄暗い。わずかに差す木漏れ日から今が夜でないこと、曇り空らしいことが分かる。

酷《ひど》く湿った空気が、身体に纏《まと》わり付いていた。焦げ臭さが鼻の内側にこびり付いていたが、呼吸を繰り返すうちに、青臭い緑のにおいに変わっていく。

「ここは……」

「山の麓《ふもと》、ですかね」

男の人が答えた。わたしの傍らにしゃがんでいる。

「合宿所から逃げて、とりあえずここまで下りてきた。アユさんを担いでね」

「……ありがとうございます」

わたしは答えた。

そうだ、わたしは死ぬところだった。それをこの人に助けてもらって、今は生きている。ありがたいことだ。感謝しないといけない。いや、実際に感謝している。

靴を履いていることに気付いた。女物の、白くてシンプルなスニーカー。土があちこちに付いて汚れている。

「ごめん、適当に履かせたんだけど。サイズ合ってなかったよね」

「いえ。これ、自分のです」

わたしは事実を言った。間違いなくわたしの靴だ。この男の人が、偶然にも探り当ててくれたらしい。

「よかった。まあ、不安だよね。顔に書いてある」

「ええ、はい」

わたしは正直に答えた。

不安だった。だからこの男の人に感謝の気持ちはあるけれど、「嬉しい」にならない。

この男の人は誰だろう。合宿の参加者なのは分かる。でもそれだけだ。

ここはどこだろう。森なのも、山の麓なのも分かる。でもそれだけだ。

お金も、スマートフォンも、何も持っていない。

逃げ切れるだろうか。

逃げて下山してここに辿《たど》り着いて、その先は。

違和感を覚えた。すぐにその理由に思い至る。

「さっき〝合宿所から逃げて〟って、言いましたよね。それって……？」

男の人は少し躊躇ったけれど、きっぱり答えた。

「ああ。あんな狂ったところにいても仕方ないだろう。火事から避難したってのももちろんあるけど、あそこから脱出した。あいつらから離れた。そういう意味だ」

この人も洗脳が解けている、らしい。ならば。

躊躇いが生じる前に、わたしは言った。

「あそこ、おかしいですよね」

「ああ。おかしい」

彼の顔が晴れやかになる。

「あそこはカルトだ。あそこで行われてたのは洗脳セミナーだ。おまけに人まで死んでる」

「変でしたよね」

「変だった」

「異常ですよね」

「異常だよ」

「ク……クソですよね！」

「クソだよ！」

わたしの声も、男の人の声も大きくなっていた。

男の人は笑っていたし、わたしも頬が弛《ゆる》んでいた。

そうだ。わたしはまともだ。

異常な世界から、まともな世界に戻ってきた。それが嬉しい。本当に嬉しい。

立ち上がり、土を踏みしめる。ふらふらするので近くの木に手を突く。ちゃんとは立てない。背筋を伸ばす力も今はない。でも立っている。自分の足と意志で。

「君、名前は？　合宿所じゃアユさんって呼ばれてたけど」

「鮎実です。水野鮎実」

「俺は土屋《つちや》嘉明《よしあき》。ヨシくん呼ばわりされてたヤツ」

「はい」

思い出した。

ヨシくん。明るいけれど正直ちょっとトロくて、正社員さんたちからよくお小言を食っていた人だ。わたしもイライラした。怒られているのを見るとせいせいした。この人が〝レクチャー〟を受けて、呻いたり叫んだりしているのを見ると、見ると――

「ごめんなさい」

「何が？」

「スッキリしたんです。その、土屋さんが痛い目に遭ってるのを見て、ざまあみろ、もっとやられろって……」

言葉にした途端、すっと全身が冷えた。

わたしは異常だった。あの合宿所でずっと異常な精神状態にあった。そのことが改めて理解できた。もし逃げ出さなかったらどうなっていただろう。あのまま合宿を続けていたら、わたしは何者になっていただろう。異常を異常とも思わないまま生きる自分を想像していると、全身に鳥肌が立った。いつまで経っても収まってくれない。

土屋さんは太い眉をカクッと、音が出そうなほど大袈裟に八の字にして、「そっちの意味でも〝目が覚めた〟んだね。よかった」と言った。

「いや、正直、解けてなかったらどうしようって思ってたんだよ。俺、あそこでは劣等生だったよね。アユさんと違って。だから怒られるんじゃないかとか、連れ戻されるんじゃないかとか思って」

「ないです。絶対ないです」

「よかったあ」

土屋さんはまた言って、天を仰いだ。安堵《あんど》の表情でつぶやく。

「太刀川《たちかわ》さん、当ててくるなあ。全員バッチリだ」

ガサ、と背後で音がした。

振り返ると、わたしと同じジャージ姿の男女が三人立っていた。

男の人が二人。女の人が一人。

一人の男の人に見覚えがあった。名前もはっきり覚えている。

「シンスケさん」

「太刀川信介だ。できれば名字で呼んでくれ。でないとあいつらのことを思い出しちまう」

シンスケ——もとい、太刀川さんはヘラヘラしながら、草を踏み分けてこちらにやって来る。わたしと同じくらいの背丈。白髪交じりの長めの髪。鋭い目とほうれい線が目立つ。レジ袋に紐を通したただけのような、安っぽいリュックサックを背負っていた。

わたしの顔をまじまじと見て、彼は「正気か？」とつぶやいた。土屋さんが答える。

「大丈夫でしたよ。太刀川さんの仰《おつしや》ってたとおり、解けてます」

「ならよかった。ええと、あんた名前は？」

わたしは改めて名乗った。

太刀川さんの後ろにいる、彼より頭一つ分背の高い若者が口を開く。森の中にいるのが不自然に思えるほど、ひょろりとして色白の青年だった。彼はボディバッグを襷《たすき》掛《が》けにしていた。

「久保《くぼ》と言います。久保靖《やすし》。二十九歳」

飄々《ひょうひょう》とした口調と態度に、こっちの気持ちも少し弛む。

「あ、じゃあ年一緒ですね」

「はいはい、わたしは四十歳のババアですよ」

女の人が嫌みったらしく言った。目付きの悪い、とても小柄な女性だった。

「佐原《さはら》はるな。あそこじゃハルさんだった」

わたしに視線を向ける。アイコンタクトらしきことをしているが、意味が分からない。

「ごめんなさい、何ですか」

「ああ、もう」

佐原さんはじれったそうに顔をしかめる。

「覚えてないの？　まだ寝惚《ねぼ》けてんのかな？　一緒にマサキって人、運んだよね？」

言われて初めて思い出す。死んだマサキさんの左手を持っていた女性だ。「いてて」と彼女は歯を剥いて、「筋肉痛がさ、ヤバいんだよ。あんたは平気そうだねえ。そうねまだ若いもんねえ」と、近くの木に寄りかかる。

筋肉痛は普通にあったが、わたしは黙っていた。久保くんが太刀川さんに声をかける。

「どうです隊長。改めて説明というか、ガイドというか、諸々を水野さんにお話しするのは」

「そうだな」

太刀川さんは咳払いをすると、

「ここにいる全員がそうだと思うが、俺もいろいろあって、あの合宿に参加した。株式会社Tの

〝研修〟ってやつにな。いい稼ぎになるって思ったんだよ。ところが違った。あいつらがやっていたのは洗脳だった。あいつらは自分らのカモを取り込むためには、暴力も殺人も辞さないカルト集団だった」

全員が頷《うなず》く。

「俺は早々にヤベぇと気付いて、逃げ出すことにした。一人の方が動きやすいが、一応は参加者の様子を窺《うかが》ってみることにした。洗脳されきっていないやつ。一緒に逃げようとまでは思っていないが、俺の脱走をスルーしてくれそうなやつを」

四十歳と少しくらいなのかな、と思っていたが、言葉の選び方が少し若い。

「そしてまず久保くんに、その後に土屋くんに声をかけた。久保くんはまともそうだったし、土屋くんは——そうだな、ずっと立場が弱いからしんどいんじゃないか、もう辞めたいんじゃないかってラインからさりげなく攻めて。そしたら仲間になってくれた」

「ええ」

土屋さんが歯を見せる。

「女性陣については何となくアタリを付けていたが、判断は保留していた。声をかけるにしても冗談っぽい感じにした。結果的に二人とも解けていたし、俺らの推測は当たっていたわけだが……」

「足手まといだから、でしょ。分かってる分かってる。わたしが男だったら女なんか絶対誘わないもん」

佐原さんが不機嫌そうに口を挟む。太刀川さんは「どうだろうな」と曖昧に答えて、肩を竦めた。

「俺は計画を練った。だが難関があった。合宿所そのものの警備はザルで出入りもそんなに難しくないんだが、俺らの荷物が入念に隠されていてな。スマホだの、財布だの。どこを捜しても見付からない」

「あそこにはないのかも。バスで本部というか、別の場所に持ってってたとか」と土屋さん。

「かもな」

太刀川さんは端的に答えて、

「そうこうしてるうちに人死《ひとじ》にが出た。一人で済むとは思えないし、俺の精神状態もかなり危険なところまで来ていた。どうしたものかと困っていたところに、火事が起こった。断っておくが偶然だ。いくらヤバいからって、自分が逃げるために他人の命を危険に晒《さら》すつもりはない。なんせ俗世じゃ警備員をずっとやってたからな」

「それ、関係あります?」

久保くんが冗談めかして突っ込んだ。太刀川さんは唇を歪《ゆが》めて、

「俺たち野郎三人は逃げた。佐原さんは俺らに付いてきた。水野さん、倒れてたあんたを助けようと言ったのは土屋くんだ。ぶっちゃけると俺は反対した。ほっとけ、解けてる率はたしかに高いが、助けてやる義理なんてない――はっきりそう言った」

土屋さんが居心地悪そうに身体を揺らした。

「あ……ありがとうございます」

わたしは無意識に、再び感謝の言葉を口にしていた。

「土屋さんもそうだけど、太刀川さんも。あの時、後ろから声をかけてくれたの、覚えてます。あの……埋めた帰り」

「ああ。でも俺は火事の時、あんたを〝切った〟。だから感謝するのは土屋くん一人でいい」

「いや、そんな」

「本題はここからだ」

太刀川さんは声を張った。足を踏み鳴らして歩き出す。わたしに背を向けたまま、

「で、あいつらに追いかけられることもなく、俺らは合宿所から逃亡した。下山すれば何とかなるだろう。そう思った。ところがそういうわけにもいかなくなった。暗い中をほとんど手探りで進んだせいもある」

「え……」

「そうだ。俺たちは迷子になった。何県のどの辺りにあるのかも分からん森の中でな」

太刀川さんは振り向いて、「お手上げ」のポーズをしてみせた。

わたしはしばらく何も言えなかった。どうにか絞り出した言葉は「そうなんですね」という、何の意味もないものだった。

四

辺りの木々はどれも幹の根元のところで二股、三股になっていた。

どの幹も痩せ細っているくせに、やけに高々と伸びている。おまけに手が届くところには枝が殆《ほとん》ど生えていないので、登るのは難しい。そのくせ高いところではみっしりと枝葉を茂らせていて、日の光を遮っている。

土屋さんと久保くんが分かれた幹を利用して登ろうとしたが、すぐに断念した。樹皮がとてももろく、掴むと剝がれ落ちてしまうのだ。

「杉かな。でも皮は松みたいだ」

久保くんが近くの木に顔を近付けた。

「いや杉ってことはないでしょ」

佐原さんが呆《あき》れた口調で言う。「杉って基本、植林されたものしかないでしょ。建材とかにするために、人間が植えたの。だから人の出入りが絶対ある。そのための車が通る道もあるし、落とし物だってするだろうし……要するに、人の気配がどっかしらあるんじゃない？」

彼女は辺りを見回して、言った。

「ここはそういうの、全然ない」

「まあ、確かに」

と久保くんが言った直後、「佐原さんの説明には誤解があるな」と、前を歩く太刀川さんが振り返る。

「途中までは正しい。杉林は人工林だ。だが放置された杉林なんて山ほどある。むしろ増えてる。林業は昔ほど儲《もう》からないからな。だから人がずっと立ち入らない杉林なんて、今や珍しくもない」

「そうなんですか」と久保くん。

「ああ。じゃあこれが杉の木かと言われたら、それも違う気がする。ヒノキにも似ているが……まあ、俺も所詮は素人ってことだ」

ははは、と笑って、太刀川さんは橙色《だいだいいろ》の実を口に含んだ。サカサイヌミミイチゴの実だった。

太刀川さんの指示で、わたしたちは食べられる植物を取りながら歩いていた。子供の頃に野山で遊んでいたから、その手の知識はあるという。事実、名前も全て彼に教わったものだ。オオノビルの根、ヨモギの葉、ムツミツバの葉にシロイワナシの実。葉っぱは後で調理することにして、果実は移動しながら摘《つ》まむ。これも彼の提案だった。

わたしは手にしていたサカサイヌミミイチゴの実を、顔に近付ける。キイチゴに似ているけれど粒が大きい。口に含んで噛《か》み潰すと微《かす》かな酸味が広がるが、甘味はほとんどない。それでも美味《おい》しく感じるのは、身体が水分を求めているせいだ。仄《ほの》かに酸っぱい果汁で喉を潤しながら、わたしは歩を進めた。

留《とど》まっていても仕方ない。水や食料も確保しなければ。

そんな後ろ向きの理由で、わたしたち五人は森の中を歩いていた。探すべきものを探しながら。

川や沼、池。とりあえず水があれば生きていける。川に行き当たったら、川下へひたすら歩けばいい。

人の痕跡も探す価値がある。ここがどこかを知る手掛かりか、ここを出るヒントになるかもしれない。

登れそうな木も、食べられそうな植物も探す。

足場が平坦《へいたん》で、起伏もないことが不安だった。うっかり元来た道を戻ってしまう恐れがあった。株式会社Tの、合宿所のある山に。

不安は他にもあった。

熊《くま》や猪《いのしし》に出くわすかもしれない。ここ何年かの報道で、猛獣の恐ろしさはそれなりに見聞きしていた。もし出くわしたら、わたしたちには太刀打ちできない。逃げる術《すべ》もない。だから殊更に音を立てて歩くことにした。

落ちている木の枝で、木の幹を叩く。

そしてみんなで、とりとめのない話をする。

野生動物は基本的に臆病で、人間の出す音を聞けば、熊でさえ大抵は逃げていくという。熊の棲《す》む山でウォーキングをする人は、ラジオを結構な音量で流しっぱなしにするらしい。

どれも太刀川さんの提案と見解だった。

彼は物知りで、いろいろ教えてもらいながらわたしたちは歩いた。その過程で、わたしは「年輪の幅で東西南北が分かる」という雑学が嘘《うそ》だと知った。完全な間違いというわけではなく、「年輪ができやすい木が、しっかり日に当たる環境で育ったら」という条件付きらしい。つまり、ここでは全く使えない。

いつしか喋っているのは太刀川さん一人になっていた。わたしを含む四人は彼の言葉に相槌《あいづち》を打つか、「それは多分ヨモギ」などと教え合うか、そうでなければ黙って聞くだけになっている。

とうとう話題が尽きたらしく、太刀川さんは喋るのをやめた。

「何か言えよ。何か」

みんなを促すが、誰も口を開かない。

当然と言えば当然だった。

わたしたちはお互いのことを、細かく知っているからだ。社員さんたちに命じられるまま、心を解錠して、自分について洗いざらい打ち明けていたからだ。

研修室での太刀川さんを思い出していた。

「シンスケと申します！　警備員をしておりました！」

直立不動で、大声で、彼はみんなに自己紹介した。

そこそこ大手の企業にいて、奥さんも子供もいたらしい。小さいながら家も持っていたらしい。でも、彼はギャンブルでそれら全てを失った。三十を過ぎた頃だという。そこから借金を返しながら職を転々とし、警備員に落ち着いて、ちょっとだけ心に余裕ができたある日、久々に飲むかと思って、太刀川さんはフラッと、練馬《ねりま》にあるダイニングバーに入った。

「そこで素晴らしい出会いがありました！」

彼はそこで店の人と打ち解ける。居心地がよくて何度も通う。話しかけてきた常連客と盛り上がり、友達になり、プライベートでも会うようになる。

ある日、太刀川さんは常連客から「会ってほしい人がいる」と人を紹介された。Tという会社の社員さんだ。何度か会って話しているうちに、「採用したい」「是非うちで働いてくれ」と言われる。提示された給料は絶妙なラインだ。怪しく思えるほど高くもなく、でも今の人生のままでは死ぬまで望めそうもない、理想の金額。

太刀川さんは首を縦に振るが、「いや、その前にうちで販売している商品を買ってみてくれ。使ったうえで判断してほしい」と言われる。洗剤や、健康ドリンクの素《もと》である粉末。決して安い金額ではないけれど、太刀川さんは買う。使う。洗剤は普通だったが、ドリンクの素を使ってから寝付きがよくなった。

その後も「働きたい」「これも買ってくれ。それから判断しろ」「分かった」そして購入、のサイクルが何度か繰り返される。

太刀川さんは経済的に厳しくなるが、もちろん社員さんには言えない。そんな時、社員さんから声をかけられる。

「業務委託という形で契約したい。ただし条件がある」

条件。それはT社の商品を買い続けることだった。

業務内容はT社が経営しているお店――表向きはそうと分からない――で、スタッフとして働くこと。あるいは常連客のフリをすること。そして何も知らずに店を訪れた人に話しかけ、探りを入れること。「負けが込んでいる」と判断できたなら言葉巧みに誘導し、「会ってほしい人がいる」と社員さんを紹介し――

新たに「業務委託」の契約を結ばせる。この繰り返し。

給料は当然のようにスズメの涙で、「正社員になれば当初提示した額を払う」と、ニンジンを鼻先にぶら下げられた。

マルチというのか、ネズミ講というのか。正直よく分からないが、どちらにしろ悪徳商法だ。でも、太刀川さんは気付かなかった。彼だけではない。土屋さんも、久保くんも、佐原さんも。

そしてもちろん、わたしも。

「大変だな」と思いつつ受け入れていた。「ここまでやったんだから」と〝ご新規さん〟を呼び込んでいた。

そして〝研修〟という名目で〝合宿〟に行くことになった。ここでの成果次第で社員になれる――そんな分かりやすいエサに釣られて。

「永福町《えいふくちょう》のバーで、素晴らしいご縁をいただきました！」

佐原さんの自己紹介を思い出していた。

彼女は元看護師だった。でも、勤めた病院が不運にも全部「ハズレ」で、心身を病み、辞めざるを得なくなったという。三年前のことだった。

頼れる人もおらず、途方に暮れていたところで、という流れらしい。初恋は小学二年の時で、近所に住む四つ上の男子。初体験は中学三年の時で相手は友達のお兄さんで、場所は友達の家。三か月で捨てられた。その次の交際相手は高校の数学教師で、相手には妻子がいた。する場所は相手の車の中か、そうでない時は「開かずの教室」だった。具体的にどういうことをしたのか、どんな気持ちになったのか、社員さんに命じられる前に、彼女は事細かに打ち明けていた。正直、覚えていたくないのに覚えていた。

「僕は小平《こだいら》です！」

久保くんは〝ブラック一歩手前〟の会社に勤めていた。辞めるきっかけを探していたところで、Tの店に足を運んでしまったという。「そこのうどんが、とても美味しかったです！　ぶっとくて、つけ麺スタイルで、豚肉とネギを煮込んだ熱い付けダレで食べる、武蔵野《むさしの》うどん！」

ピンと背筋を伸ばして、大声でするような話ではない。でもわたしを含め、みんな聞き入っていた。大真面目に耳を傾け、頷いていた。

Tが経営していた店には、一見まともなものもあったのだ。だから安心してしまう。自分は悪い状況に陥ってもいない――そう自分を納得させてしまうのだ。ズルズルと関係を続けてしまうのだ。

上手《うま》いやり口だ。そして狡《ずる》い。後ろ暗いところがあるから、Tはそうやって偽装するのだ。擬態するのだ。でも、そう考えられるのは今だからだ。

今まで――そう、昨日の今頃だったら、「そんなはずないよ」「偶然だよ」「あなたから見たらそうかもしれないけど、いい人たちだよ」と突っぱねていたかもしれない。

太刀川さんが手に持った木の枝で、近くの木の幹を強く叩いた。パシンッ、と大きな音が森に響き渡る。

やっぱり誰も喋らなかった。誰もが話題を探す振りをして、お互いの過去を、プロフィールを思い出している。少なくともわたしはそうだった。

隣を歩く土屋さんを横目で見ながら、彼の自己紹介を記憶から掘り起こしていた。

「俺は……いえ、申し訳ありません！　私は社長です！」

研修室の、全員の視線が彼に集中していた。彼は何度もつっかえながら叫んでいた。

「ＩＴ系のちっちゃいベンチャー企業で、社長をしております！　社員は私を入れて五人しかいない、小さな会社です！」

社長さんも研修を受けたりするのか、と思ったのを覚えている。

「業績が下降気味で！　更に成長しようと思っていたところ！　下高井戸《しもたかいど》のダイナーで、素敵なご縁をいただきました！　知り合った社員の方には、心の底から感謝しております！」

「そういえばさ」

太刀川さんの声がして、わたしは我に返った。

「土屋くんって、社長だろ。会社はどうなった？」

木の枝を振り回しながら訊《き》く。どうやらわたしと同じく、土屋さんのことを思い出していたらしい。「会社ごとっていうか社員ごと、ごっそり食われるパターンもあるらしいからな。たしか他に四人いるんだっけ？」

「いや、幸い俺んとこは違くて。経営自体は下のやつらに任せてるんで」

「ほう」

「あれ、詳しいですね、太刀川さん」

土屋さんが言った。「そんなに物知りなのに、何でここに？」

太刀川さんは一瞬険しい表情を浮かべたが、やがてフウと肩の力を抜いた。

「焦ってたんだろうな。焦ってると知識も警戒心も、どこかに行っちまう」

大きく舌打ちし、再び木の幹を叩く。辺りの草をバシバシと、音を立てて払う。羊歯《しだ》に似た大きな葉が、辺り一面に茂っていた。地面は少ししか見えない。

「ちょっとー、あんた大丈夫？」

佐原さんに声をかけられた。

「顔色悪いよ。それにさ、微妙に遅れてる」

気付けばわたしは最後尾を歩いていた。さっきまですぐ隣を歩いていた土屋さんから、五メートルほど後れを取っている。

不意に背後が怖くなった。物音がやけに耳に障る。

「大丈夫です」

わたしは答えて、小走りで土屋さんの隣に並んだ。佐原さんは「ああ、そう」と呆れたように言って、プイッと再び前を向いた。大袈裟な動作だった。他の三人も不自然なまでに、わたしから目を逸《そ》らしている。

わたしのことを思い出しているのだろう。研修でわたしが打ち明けた、わたしの人生、全部のことを。

〝解錠〟した最中の記憶は曖昧だった。あまりにも明け透けに言いすぎて、それが恥ずかしすぎて、頭の奥底に閉じ込めているのだろう。思い出したくないのだろう。今この瞬間は尚更《なお》、人に教えたくない。

いろいろあって苦しい生活をしていた。もう少しで人生が「詰み」になると感じていた。

そんな時、Tの店に足を踏み入れた。そこから先はみんなと一緒だ。

そうだ。改めて思う。

研修初日、顔を合わせた時点で分かっていたことだ。ここにいる五人には共通点がある。

みんな、Tのカモだ。

カモになるくらい、人生の負けが込んでいる。

落伍者《らくごしゃ》、と言ってしまえばそうなのだろう。自分は負け犬だ、お前は敗残者だ、この五人はクズの集まりだ。この沈黙は、それを確認し合うだけの時間だった。とても楽しい気分にはなれない。

「何か言えよ、お前ら何か喋れよ、と」

また太刀川さんが口を開いたが、ブツブツつぶやくだけだった。パシン、パシンと彼が木の幹を叩く音が、森に響く。

辺りは薄暗くなっていた。

五

夜は暗い。

当たり前のことを思い知った。

言葉どおりの意味で、闇が迫ってくる。足音もなく、でも確実に、この瞬間にも。

普段どれほど光に溢《あふ》れた世界に住んでいるか、初めて理解した。田舎の親戚の家に泊まった時も夜の暗さに驚いたけれど、あれでもまだ明るい方だったのだ。人里離れたところにあるらしい、この深い深い森の夜に比べれば。

みんなの顔もはっきり見えなくなってきた。目を凝らせば何とか見えるけれど、それも難しくなっている。もう色も判然としない。草は緑、幹は茶色、ジャージは変な紫。そう分かるのは記憶で補正しているからで、今まさにそう見えているからではない。

意識はむしろ耳に集中していた。耳で世界を知ろう、測ろうとしていた。

心臓が早鐘を打っているのは、歩き疲れたせいだけではなかった。途中何度も休憩を取っているし、走れと言われたら走れそうなくらいには、体力は残っている。それなのに苦しい。呼吸も乱れている。わたしだけでなく、全員が。

木々の向こうの暗闇が怖くなっていた。熊が潜んでいても分からないだろう。いや、すぐ近くにいても気付かない。夜はわたしたちのすぐ側まで押し寄せていた。

「ねえ、ちょっと――」

佐原さんが何か言おうとした、その時。

「家だっ！」

太刀川さんが叫んだ。

左の方を何度も指差しながら、

「家、建物、小屋！　とにかく人が建てたヤツだ。違うか？　俺の見間違いか？　あれだっ、あれだよっ！」

大声で、早口で言う。

目を凝らした。

幽霊のように立つ木々の間に、一際暗い部分があった。墨汁をそこだけ塗り込めたように暗い。輪郭は辛うじて家だと分かる。上は大まかに三角、下は大まかに四角。わたしたちが家だと認識できる形をしている。

「家ですっ！」

土屋さんが答えた。

それが合図だったかのように、全員が一斉に駆け出した。「待って、待ってよっ」と佐原さんの声が後ろから聞こえたけれど、わたしは待たなかった。待てなかった。

木にぶつかりそうになりながら、わたしたちは家らしきものに走り寄った。

違和感を覚えた瞬間、

「浮いてる……？」

久保くんが言った。

わたしも最初はそう見えたが、少しして理由に気付く。

高床式、というのだろうか。いや——ツリーハウスだ。

小屋と呼ぶのがよさそうな、小さな木造の建物が、一本の低い木と、四本の長い柱の上に立っていた。床までの高さは四メートルくらいだろうか。ドアはある。窓もある。でもそこに行く手段がない。中に入る手立てが。

「こっから登るか？」

土屋さんが荒い息の合間に、誰にともなく訊《たず》ねる。柱は一抱えほどもある太いものだったが、暗い中で見た限りでは手足をひっかけられそうな箇所はどこにもない。

「床は大丈夫か？　穴は開いてないか？」

太刀川さんの問いかけに、「見えません」と久保くんが答える。わたしも見上げたけれど、ただ黒いだけで床のあるなしは分からない。それほどまでに暗い。

「そこ！　そこ！」

ゼイゼイと息を切らしながら、佐原さんがこっちにやって来た。柱のうち一本のすぐ近く、茂みを指差している。

「梯子が、ある」

それだけ言って、がっくりとその場に頽《くずお》れる。

彼女の言うとおりだった。茂りに茂った葉に隠れて見えなかったけれど、梯子がたしかに転がっていた。正確には脚立だ。大型の、アルミ製らしき脚立。

男性陣が協力して持ち上げ、出入り口のすぐ前に脚立を掛ける。先陣を切ったのは久保くんだった。太刀川さんに「ここは若い人に頼めるか」と説得され、「分かりました」と脚立を掴む。

みんなが見守る中、久保くんは出入り口まで登り切った。脚立から危なっかしく足を伸ばし、ウッドデッキというのか玄関スペースというのか、そこに移る。

ミシ、と木材の軋む音がして、わたしたちは固まった。

久保くんはドアに手を伸ばす。開かない。立て付けが悪くなっているらしい。もどかしさを覚えた頃、ガタンガタンと大きな音がした。

「ドア、開きましたっ」

「焦るなっ。床は大丈夫か」

少しして、

「いけ……そうです。大丈夫です。もう中にいるらしい。声がくぐもっていた。

と、久保くんが答えた。もう中にいるらしい。声がくぐもっていた。

わたしたちは一人ずつ脚立を登って、木の上の小屋に入った。太刀川さん、佐原さん、土屋さん。わたしは最後だった。わたしが乗った瞬間メリメリ音を立てて崩れるんじゃないかと不安だったけれど、幸いにもそうはならなかった。

当たり前だけれど、中は外より暗かった。

目を凝らしても何も見えない。這うような音と、布を擦るような音が響いている。みんなの位置が掴めない。

どうしよう、と思った時、パッと視界が明るくなった。

太刀川さんが懐中電灯を手にしていた。実家に昔あったような、ボディが赤くてライトの周りが黒い、古い型のものだ。光は弱々しく時折点滅もするけれど、わたしには充分に明るかった。他のみんなもそうなのだろう。浮かび上がった彼らの口元は、どれも安堵で弛んでいた。

「……ここにあった」

太刀川さんが傍らの小さなデスクを指した。

どこにでもありそうな事務用の、灰色のデスクだ。天板に積もった埃《ほこり》に、擦ったような筋がいくつも残っている。太刀川さんが汚れた手を腰の辺りで拭いながら、「しばらく使われていないようだな」と、視線をあちこちに走らせる。

工事で使うようなヘルメットが床に落ちていた。緑色のシートが何枚も散らばっている。汚れた軍手が片方。とぐろを巻いたトラロープ。

壁には白いフックが取り付けられ、ワイヤーハンガーがいくつかかかっていたが、服は一着もなかった。

住む場所ではない。長くはいられそうにない。でも雨露は凌《しの》げるし、熊に襲われる率はグッと減る。

いつの間にか、全員が座り込んでいた。

「朝を待とう。今は休んで、体力を蓄える」

太刀川さんが小屋の真ん中に、懐中電灯を置く。リュックから取り出したのは五百ミリリットルのペットボトルが二本。中には水が入っている。

「合宿所の水道から確保した飲み水だ」

「ちょっと、あるなら最初から……」

「予備だ、予備。木の実で凌げるうちは大丈夫だろうと思ってな」

佐原さんと太刀川さんが言い合う側で、久保くんがボディバッグからドサドサと、十センチ足らずの細長い小袋をいくつも落とす。全部で十個。袋はジャージと同じ変な紫色だ。黄みがかった懐中電灯の光ではそうは見えないけれど、脳が色を記憶していた。

個別包装された、Tの健康食品「エナジーT」だった。

わたしたちが毎月買わされていたものだ。そして合宿で出された食事でもあった。朝も昼も晩もこれ一袋だった。それで充分だからと。一食分のエネルギーだけでなくビタミンもそれ以外の栄養素も、全部摂《と》れるから、と。

全員が複雑な表情を浮かべていた。

太刀川さんが口を開く。

「俺の提案だ。味はともかく保存は利くし、腹持ちはそこそこいいからな」

「ごめんなさい、くすねてこられた食いもん、これだけで」と久保くん。

「これは?」

佐原さんが半ば積み上がったエナジーTの中から、牛乳瓶ほどの大きさのボトルを拾い上げる。サラダ油の二百グラム容器だった。半分ほど油が入っている。

「なんでこんなもの……」

「いや……あ、そうだ」

久保くんが申し訳なさそうに、ボディバッグのお腹側《なか》にある、小さなポケットのジッパーを開く。中から引っ張り出したのは小さな食塩の瓶だった。蓋の部分とロゴマークは赤で、透明な容器は白い塩の粒で満たされている。

「油と塩は、厨房《ちゅうぼう》から盗んできました。まあ、社員の連中も料理なんか全然してなくて、冷蔵庫もカラで、あとは七味とか、ガラス瓶入りの酢とか……」

「そりゃあ泥棒しなくて正解だな」と土屋さんが苦笑する。

「でもさ、鍋とかもなさそうだし、持ってきた意味が……」佐原さんが小屋を見回す。

「いや」太刀川さんが言った。

「油と塩があれば、サラダが作れるぞ。ドレッシングだ。欲を言えば酸味があればいいんだが」

「あ、イチゴ。サカサ何とかイチゴ」

わたしは中途半端に手を挙げて、口を挟む。太刀川さんがニッと笑う。

「いいな。よし、エナジーTは保存に回して、とりあえず集めた野草を食おう。全員、摘んだやつを俺に……」

「サラダぁ？」

佐原さんが呆れた顔で言った。頭を掻《か》きながら、

「いや分かってるよ、贅沢《ぜいたく》言ってる場合じゃないってのは分かってますよ。でもねえ」

「ならエナジーTでも構わない。一人一本はいける」

土屋さんが身振りで「野草をよこせ」とみんなに示す。

「食いたいわけないじゃん、あんな小麦粉固めたみたいな、もっそもその棒」

「だったら」

「サラダ、サラダかあ。まあいいけど――」

瞬間「ぐう」と変な音がした。

誰かのお腹が鳴ったのだ、と少しして気付く。あまりにも普通のこと、日常のことすぎて、咄嗟に理解できなかった。わたしたちはずっと、日常の外にいたのだ。いや、今もいる。

お腹の音は、明らかに佐原さんの方からした。

「胃袋は求めてるっぽいですね、雑草のサラダを」

久保くんが言った。

「はいはい、空《す》いてるよ、空いてますよ、お腹。ドレッシングがどうって話になった時から」

佐原さんが顔をしかめながら、ポケットの野草を取り出した。

「俺も腹、減ってます」と土屋さん。

「僕は全然。少食なんで」と久保くん。「でも作るのは僕がやりますよ。自炊してたんで」

「頼んでいいか？　水はペットボトルのを使ってくれ」

和やかな空気が小屋に漂ったところで、

「ただし、使う量はできるだけ少なめに。飲むのも同様だ。飲み食いを終えたら消灯。トイレは外。懐中電灯を必ず持っていくこと。ここが定位置だ」

太刀川さんが言って、懐中電灯に触れた。


目を覚ますと肌寒かった。

いや、肌寒さに目を覚ましたのか。身体が痛い。シート一枚敷いただけで、板張りの床に寝るのは無理があったらしい。

痛みに身を捩《よじ》ると、嫌なことを思い出した。

心の鍵。

わたしたちは合宿で、心の傷を曝《さら》け出していた。忘れられない辛い記憶を。それゆえ自分を形作った、決定的な体験を。みんな打ち明けて教え合う。そうするよう命じられ、実行した。マサキさんはそれを拒否してレクチャーされた。

だから、みんなはわたしの傷を知っている。わたしがみんなの傷を知っているように。

嫌だ。本当に嫌だ。

そんなことを考えていると、空腹を感じた。

野草のサラダが恋しくなっていた。

格別に美味しいわけではなかった。美味しいはずがなかった。生で素直に美味しく感じたのはオオノビルの根くらいで、ヨモギの葉、ムツミツバの葉は苦みが強かった。ドレッシングは舌に触れた瞬間、油の古さが分かった。衛生の面でも不安はあった。野草も、小屋の隅にあったボウルも、手も、久保くんは丁寧に水で洗っていたけれど、安心できたとは言えない。

それでもわたしは、サラダを夢中で食べた。みんなと一緒に、ボウルから手摑みで、無言で。

油のコクと、木の実の酸味と、塩気。そして瑞々《みずみず》しい葉っぱ。美味しくないのに美味しかった。全部食べた後は正直物足りなかった。もっと食べたいと思った。人に――生き物に戻ったような気がした。それが終わるとジャージで手を拭って、ペットボトルの水を回し飲みして、横になった。

そこから先は曖昧だ。一瞬で寝てしまったらしい。

口の中に残った微かな塩気と苦みを、眠い頭で楽しんでいると、小屋のあちこちから音が聞こえた。みんな起きているのか。それともわたしと同じように微睡《まどろ》んで、サラダの名残《なごり》を惜しんでいるのか。

汚れた小さな窓から、朝の光が差し込んでいた。

起きよう。そう思ったところで、

「太刀川さんがいないぞ」

土屋さんの声がした。

わたしは思わず身体を起こした。

土屋さん、久保くん、佐原さん。そしてわたし。

みんな壁際にいて、互いと距離を取っている。

たしか太刀川さんは真ん中辺りに陣取っていたはずだ。それこそ懐中電灯の近くに。でも今はいない。

エナジーTが八袋、並べ置かれている。その隣には空になったボウル。それで全部だった。

「懐中電灯がない」

久保くんが言った。

「ってことは、まだ暗いうちにいなくなったってことか」

「エナジーTを二つ持って、ですか」と久保くん。

「ってことになるだろうな」

土屋さんが立ち上がる。例えばついさっきトイレに行って、まだ戻ってきていないだけでは「ない」らしい。彼が外に出てから、それなりに時間が経っている。あらかじめ食料を持ち出すほど、遠くに行くつもりだったことにもなる。多分。

胸騒ぎがしていた。

嫌な予感がいくつも湧いて、消えない。

合図もしていないのに、全員がほとんど同時に、出入り口の方を向いた。

ドアが少しだけ開いて、生温《なまぬる》い風が流れ込んでいた。


脚立はデッキに掛けたままだった。隔離されたわけではないらしい。嫌な予感の一つが消えたけれど、だからといって安心などできなかった。

話し合って佐原さんが留守番することになった。本当に疲れていて、立つのがやっとだという。わたしも疲れていたが、佐原さんと二人で残るのは何となく気が進まなかった。

土屋さん、久保くん、わたしの順で下りる。

外は薄暗かった。

夜よりはずっと明るかったが、日の差しているところはどこにもない。空は見えないけれど、きっと曇っているのだろう。

手分けして捜すことになった。

なるべく小屋から離れないようにしよう。具体的には、小屋が見える範囲に留まるのがいい。何かあったらすぐ互いの名前を呼ぼう――と、土屋さんと久保くんが話し合って決めた。わたしは頷くだけだったけれど、それで間違っていない気がした。

「太刀川さんの名前を呼び続けるのがいいでしょうね。こういう時の人捜しって、それが基本じゃなかったですか」

久保くんが言った。

「多分な」

「あと、必ず戻ってくること。体感で三十分で引き返す、ってのはどうでしょう」

「分かった。じゃあ」

言うなり土屋さんは走り出した。来た道とは反対側の方向だった。

「無理しないでくださいね」

と、久保くんはわたしに言って、踵《きびす》を返す。

わたしは歩き出した。

しばらくして振り向くと、二人の姿は見えなくなっていた。小屋はまだ視界に入っているけれど、とても遠く感じた。立ち止まりたい、引き返したい。早くも湧き起こった感情を振り払って、先へ進む。

「た、太刀川さーん」

呼んでみる。

耳を澄ますが返事はない。

はるか遠くから、久保くんと土屋さんの声が聞こえた。太刀川さんを呼んでいる。思ったより大きく、はっきり聞こえる。離れているだけで、たしかに二人は存在している。「太刀川さーんっ」

わたしはもう一度呼んだ。

返事はやはりなかったけれど、意味がある気がした。少なくとも土屋さんと、久保くんには届いている。太刀川さんにも届いてくれればいい。

呼び続けながら歩いていると、視界の隅で何かが動いた。と思った時には心臓が喉まで出かかり、足が竦んでいた。

今のは何だ。
十五、いや二十メートルほど離れていただろうか。木に寄りかかるようにして立っていた。次に分かったのは色だった。
赤黒い。

真っ赤なところもある。真っ黒なところもある。それから紫色のところも。

最後に見えたのは、形だった。

虫に見えた。

でも大きすぎた。人くらいあった。

背中を丸めて、何本もの足を木に掛けて、立っている、赤黒い、何か。

脱皮している風にも、崩れているようにも見える。

顔は分からなかった。横目では捉えられなかった。

思い切って目を向けると、それは姿を消していた。

木の陰に隠れたのか。

ぱき、ぱき
がさがさ、がさ

木の枝を踏む音がした。

草を掻き分ける音がした。

わたしが見ている、まさにその方向から。

ぱき……みしっ
がさがさがさ……

姿は見えない。

でも音はする。気配もする。

逃げよう。でも身体が動かない。振り返って走れ、でも目を逸らせない。後退《あとずさ》ることもできない。

口の中がからからに乾いたのを感じた、その時。

「久保くーんっ！　久保っ！」

土屋さんの声がした。すぐに、「鮎実ちゃーんっ！」と同じ声がわたしを呼ぶ。

「来てくれーっ！」

その声で、金縛りが解けた。わたしは声のする方に駆け出した。草に足を取られて何度も転んだけれど、それでも走るのをやめなかった。

後ろを見るのが怖かった。

振り向くと次の瞬間には――そう思うと一瞬でも留《とど》まることはできなかった。

小屋を通り過ぎる。土屋さんの声がどんどん大きく、はっきりしてくる。どれくらい走っただろう。もう息が続かないと思った頃、視界に変化が表れた。

遠くに、大きな木がある。

周りの幽霊のように痩せた木ではない、太くて大きくて、どっしりした木が。

太い根が張っているのが見えた。枝が幾本もあり、葉は茶色い。そしてその根元に人影があった。

土屋さんと久保くんだった。

わたしに気付いて振り返る。その顔はどちらも真っ青で、こちらを見てもほとんど反応はない。

ということは、わたしは何かに追いかけられてはいないらしい。

そこだけ安心して、わたしは足を止めた。ぜいぜいと肺に空気を送り込んでいると、土屋さんが口を開いた。

「拙《まず》いことになったぞ」

わたしが黙って先を促すと、彼はそっと脇に避《よ》けた。少し遅れて、久保くんも反対側に一歩移動する。

太くて瘤《こぶ》だらけの、巨木が聳《そび》え立っていた。取り囲もうとしたら十人くらい必要だろうか。

地面の上に根が幾本も露出していて、それらもかなり太い。

そして――

それは無造作に、そこにあった。

根と根の間に、お供え物のように置いてあった。

ここ数日で見慣れたものだ。なのに、まるで違って見える。この違和感は何だろう。ただ地面に置かれているから、だけではない。何かが足りないのだ。

そこまで考えて、わたしは息を呑《の》んだ。

何が起こっているか、やっと分かった。分からなかったことが馬鹿らしくなるほどだ。認めたくなかったのだろう。目に映るものが何か、受け入れたくなかったのだ。

首だった。

それは、太刀川さんの頭部だった。

唇が捲《めく》れていて、食い縛った歯が見えた。目はどちらも見開かれているが、不自然なくらい瞳が真っ黒で、当たり前だけれど瞬《まばた》きをしない。血が顎に跳ねている。もっと大量の血が、刷毛《はけ》で塗ったようにべったりと木の根を濡らしている。根の間に生えた草と、苔《こけ》も真っ赤だった。

血のにおいを嗅いだ。

直後に、死臭も。

途端に音がしそうなほど激しく。全身が粟立《あわだ》った。指一本動かせない。膝が笑っている。足に力が入らない。なのに倒れることもできない。

「うげえっ」

土屋さんが吐いた。

地面に手を突いて、大きな音を立てて戻している。今まで我慢していたらしい。その丸まった背中を呆然《ぼうぜん》と見ていると、今度は酸っぱいにおいがした。吐いたもの特有のにおいが。

耐えられなくなって、わたしはその場に蹲って吐いた。典型的なもらいゲロだ、馬鹿みたいだ――と遠くで呆れている自分がいた。ゲロは薄い緑色だった。

あらかた吐き切った頃、久保くんが言った。

「こいつで斬ったらしい、です」

手にしたものを掲げる。

出刃包丁だった。血で赤く染まっている。よく見ると刃にも柄にも緑色のものがこびり付いている。黙っていると、彼は空いている方の手で上を示す。

わたしは改めて、巨木を見上げた。

皮の模様と葉の形でイチョウだと分かったけれど、例えば街路樹のそれとはまるで違う。雰囲気も違う。不気味だった。限界まで肥え太った人が皮膚病になって、関節が変な風にねじれて、歪んで、でも座ることも許されず、立ったまま固まって干からびて屍《しかばね》を晒している——そんな風に見えた。

何十本もの枝から、汚れた長い紐がぶら下がっていた。

その半分ほどは、先端に刃物が括《くく》り付けられていた。

包丁。

鋸《のこぎり》。鉈《なた》。

鍔《つば》のない、短い日本刀もあった。

どれも古い。どれも柄の所に苔が生えている。素人目にも刃毀《はこぼ》れしているのが分かるものもある。

たくさんの刃物をぶら下げた、大きな木。

「これ……これって、討伐の」

わたしはつぶやいていた。

自分の言葉で、目の前の光景と記憶が結び付く。

レクチャー第四段階。マサキさんの討伐に使った、あの棒。あの偽物の木のオブジェ。

あれに似ている。というより――

い、い、い、こっちが本物だろう。

「でしょうね」

久保くんが青い顔でつぶやいた。

「だったら」

と、土屋さんが振り向く。久保くんより更に青い顔をしていた。唾とゲロに濡れた口元を拭って、彼は言った。

「だったら何だ？　それで何が分かる？　何がどうなってる？」

口調に混乱と苛立《いらだ》ちが滲《にじ》み出る。それから――恐怖も。

土屋さんは何度も何度も、自分の口元を拭っている。怖いからだ。

久保くんが後退る。怖いからだ。

二人を見ているうちに、また全身の肌が粟立った。

怖い。わたしも怖い。

首だけになった太刀川さんと目が合いそうになって、わたしは慌てて顔を背けた。

取材Ⅱ

スマートフォンに表示される波形が小さくなっている。鮎実が黙り込んだからだ。今は彼女の立てる微かな呼吸音、そして小田のやや乱れた鼻息の音だけを拾っている。

小田は困惑していた。鮎実の話が意外な局面から始まり、予想だにしなかった方向へ進んでいるからだ。

と同時に、小田は興奮もしていた。

面白いからだ。

不謹慎だと分かっていたが、鮎実の話は面白かった。

Tの合宿所から脱走し追われる身となった鮎実らが、森に迷い込み、ありあわせの知識で飢えを凌ぎ、そして一人が不可解で惨《むご》たらしい死を遂げる。自然死でも事故死でもなく、もちろん自殺でもない。殺されたのだ。そうとしか考えられない。おまけにTと関連がありそうな巨木まで出てきた。「大量の刃物を枝に紐でぶら下げる」という、古《いにしえ》の儀式めいた加工を施された、イチョウの巨木が。

「……それで、どうなりました？」

つい訊ねてしまう。急かすのは拙いと分かっていても、訊かずにはいられなかった。それほどまでに続きが気になっていた。

鮎実は俯《うつむ》き気味に、長机に置かれた小田のスマートフォンを見つめていた。

手を膝の上に乗せ、首を肩の間に引っ込めている。引き結ばれた口がほんの少し開き、白い歯が覗いた。ぎこちない作り笑いが浮かび、すぐ消える。

「すみません、思い出し……思い出しすぎちゃって」

「というと」

「その、その時の気持ちが、ぶわっと戻ってきて、その、こ、怖い、感情が」

顔を上げた。目が泳いでいる。

「だからその、頑張ったんだけど、立てなくて。腰もほとんど抜けたみたいになって。でも、でも熊かもって、なって……久保くん。土屋さん」

話し始めた当初の、切れ切れの口調に戻っている。少しずつ喋り慣れて、聞きやすくなってきたところだったのに、これでは振り出しだ。

小田はもどかしさが表に出ないように努めた。かといって悠長に待つ気にはなれなかった。多少の融通は利くだろうが、この会議室が使えるのは午後五時までだ。あと二時間を切っている。時間内に彼女が全てを話すという保証はない。それどころか、次の瞬間「もう無理です」と言い出す恐れさえある。今の彼女は明らかに心の均衡を失っていた。

「熊……土屋さん。あの」

「ご自分のペースで大丈夫ですよ。飲み物は如何《いかが》ですか」

小田は気持ちとは逆のことを言った。鮎実は何の反応も示さなかったが、やがて「あっ」と小さな声を上げた。ペットボトルを空にすると、今度はジャスミン茶のボトルを手にする。震える指でキャップを外し、飲み始める。

口を拭って、彼女は何度も深呼吸をした。徐々に顔から緊張が抜けていく。青ざめた頬に血色が戻り、視線が定まる。小田と目は合わせないが、首や胸の辺りを真っ直ぐ見ている。

「……熊が出るかも、って言い出したのは、久保くんでした。胴体がない、持って帰ったかもしれないって。土屋さんも『そうだそうだ』って、わたしもそれは、そうだなって思いました。本当に、胴体は見当たらなくて。そんなに捜したわけじゃないけど、見える範囲にはなかったんです。だから要は、小屋に帰らないと危ないんだって、分かったっていうか」

「ええ」

喋り方もスムーズになっている。

「でもわたし、立てなくて。土屋さんに肩を貸してもらいました。身長差けっこうあって、大変でしたけど」

「ええ」

「それでも何とか、小屋の方に向かったんです。でもそれが凄く、長くて、遠くて」

事実ではなく、体感時間が長かったという意味だろう。無理もない。小田は状況を想像しながら思った。太刀川の首を切断して殺した何かが、近くにいるのだ。自分にも苦痛と死をもたらすであろう存在を、間近に感じているのだ。熊であれそれ以外であれ、恐れるなという方が難しい。

「熊だったら普通に危ないし」

鮎実は言う。

「その……一瞬見たやつのことも、思い出して」

「一瞬見た」

彼女の言葉をそのまま繰り返して、すぐ思い出す。そうだ、鮎実は見たのだ。視界の隅に一瞬現れ、視線を向けたらもういなくなっていた何か。草と木の枝を鳴らして去っていった、赤と黒の、巨大な虫のようにも思えた何か。

「もちろん、そんなこと二人には言えなくて。二人とも、怖がってたから。わたしの前ではその……言い方は悪いですけど、強がって、隠してました。あ、隠してる風に見えました」

薄暗い森。

異様な古木。その根元に太刀川の首。胴体は見当たらない。

元来た道を戻る脱走者三人。

「そのうち、自分たちの足音が凄く、大きく聞こえてきたんです。だから……忍び足っていうんですかね。誰も提案なんかしてないのに、気付いたら三人ともそれになってました。そんなだから余計、時間がかかって、遠く感じて」

また呼吸が乱れている。

「水野さん、大丈夫ですか」

「大丈夫です」

彼女は答えた。こちらに気を遣って、適当に話を合わせているのではない。しっかりした意志のある声だった。

ジャスミン茶をまた一口飲んで、彼女は「よし」とつぶやいた。

そして再び話し始めた。

第二章

一

「なあ」

土屋さんの声がして、わたしは顔を上げた。彼はジャージの上を脱いで、仁王立ちでわたしを見下ろしていた。白いTシャツのあちこちに汗染みができている。

小屋に戻っていた。わたしは事務用デスクのすぐ側に体育座りして、壁に凭《もた》れていた。

「どうなってると思う？　何が起こってるんだ？」

「さあ」

わたしは答えた。

「それに、あの木は何だ？　あの刃物だらけの。討伐用のあれと似た、どう考えてもTと繋《つな》がってるあの木は？」

「さあ」

「ここはどこだ？　俺たちはどうやったら脱出できる？」

「さあ……」

「〝さあ〟って」

土屋さんは溜息を吐いて、腰に手を当てた。

わたしは考えたくなかった。考えようとすると、太刀川さんの顔が頭に浮かぶ。目を閉じてもなかなか消えない。今この瞬間も、まだぼんやりと浮かんでいる。あの目。あの口。あの血だまり。血の筋。死臭。

外で物音がした。ギッギッと続く。上がってくる。

佐原さんが部屋に飛び込んでくるなり、「何あれ?」と震える声で言った。

「何あれ、何あれ。どう考えても殺されてるよ。殺して首斬って、あそこに置いたヤツがいるってことでしょ?」

「意志を持って置いたかどうかは、何とも言えません」

後から入ってきた久保くんが、静かに答える。片手に懐中電灯を持っていた。わたしの視線に気付いて、「首の……木の近くに落ちてました。最初に捜した時には見えなくて」と答える。ポケットをまさぐって、中から銀色の紙のようなものを取り出す。エナジーTの包装紙だった。

「これも落ちてました。二袋分です。数は合いますね。素直に考えて、あの木のところで太刀川さんはこれを食べ――」

「そんなのいいからっ。懐中電灯のこととか今はマジでどうでもいいっ。くそ不味いエナジーTのこともっ」

佐原さんが目を剝いた。

「殺されたんだよ? じゃあ殺《や》ったヤツ、この四人の中の誰かってことになるじゃんか。違う、三人だ。わたしじゃない三人」

土屋さんがハッとして、わたしたち全員を見回す。

「いや、俺は違うぞ」

「何言ってんの社長サン。ここで『ハイ。俺です』って言う人がいる？」

佐原さんの皮肉な物言いに、土屋さんの顔が一気に険しくなる。ピキピキと音が聞こえそうなほどだ。

「ああ、仰るとおり。ってことは『犯人はこの中にいる』って、当の犯人が最初に言い出してもおかしくはないよな」

皮肉に皮肉で返す。佐原さんが歯を剝く。

重苦しい空気が小屋に立ち込めた。

そうだ。考えたくない最大の理由がこれだ。

犯人がこの場にいるのだ。何食わぬ顔をして、夜中に太刀川さんを殺した人が、この中に――

「いや、それは分かんないですよ」

久保くんが言った。

「繰り返しになりますけど、熊かもしれない。というか、それが一番現実的な考え方だし、胴体が見当たらないことの説明が付く。食料として持って帰ったんですよ。人一人を自力で運ぶなんて人間には大変だけど、熊なら容易《たやす》いことです。首があんな風になってたのは、あくまで偶然」

「包丁は？　包丁で首斬ったんだって、あんたさっき言ってたじゃん」

「それは……包丁が地面に落ちていて、刃に血が付いていたからですよ。あくまで推測です。傷口を見たら分かるとか、そんな目は持ってないですし」

「でも」

「熊だと困るんですか？　犯人がこの中にいてほしいとか？」

これも皮肉な物言いだった。

佐原さんは肩をいからせて久保くんを睨《ね》めつけていたけれど、やがて「ああ、もう」と大きな声を上げた。どすどすと小屋の隅に歩いて行って、不機嫌そうに座り込む。

「……もっと、熊を警戒しとくべきだったのかもしれない。木の上に家があって、しかも脚立なしでは登れない造りになってるって時点で、推測はできた」

久保くんが補足したけれど、誰も反応はしなかった。

わたしはそれなりに納得していた。

たしかに太刀川さんの胴体は、首の周りになかった。ここに戻る前に三人で捜してみたけれど、見付からなかった。あったのは靴が片方だけ。首から少し離れたところに落ちていた。

首も、靴も、見付けた場所に置いてきた。持って帰ろうなんて言い出す人は誰もいなかったし、わたしもイヤだった。

土屋さんが言った。

「とりあえず、ここを出た方がいいんじゃないか」

「どうでしょうね。巣がどこか分からない以上、迂闊《うかつ》に歩き回るのは余計に危険かもしれない」

「熊の話はしてない。同じくらい有り得そうなことが、もう一個あるだろうが」

あるのか。

きょとんとするわたしに呆れたような視線を投げかけると、土屋さんは呻くように言った。

「Tの連中だ。追っ手だよ。太刀川さんは口封じのために殺されたんだ。俺らは連中にとっちゃ爆弾みたいなもんだからな」

ふむ、と久保くんが頷く。

「まあ、僕らの中に犯人がいるっていうよりは、リアリティがあるかもしれない」

「そうだよ、そっちの方があるよ。だったら熊よりヤバいじゃん。大きな音にビビって逃げてくれたりしないし」

「たしかにそうです。でも、だとしても急いでここを出るのは賛成しかねますね。Tだったとしたら、地の利は余計に向こうにあるでしょうし」

「そうなの？」

「少なくとも、ここが何県のどこ地方なのかは知ってるでしょう。加えて地図アプリを使える。だから僕らが闇雲に歩いても意味がない」

久保くんは冷静だった。

表情も森で最初に会ってから、少しも変わっていない。

合宿所にいた頃の記憶は早くも曖昧になっていて、彼がどんな風だったかはパッと思い出せないけれど、今の彼はこの場の誰よりも〝解けている〟。Tの洗脳はもちろん、一時の感情からも遠く離れたところにいる。そう感じられた。

「なるほどな」

土屋さんはそう言って、出入り口に歩き出した。

「だがここにいれば安全ってわけでもない。とりあえず脚立は上に——デッキに上げておく。その方がいいだろ」

「ええ。仰るとおり」

「何してんだ、来いよ」

男性二人でデッキに出て、脚立を引き上げる。わたしは彼らの立てる物音を聞きながら、少し前のことを思い出していた。

わたしが見た影。

熊。追っ手。どちらだろう。

あれは熊にも人にも見えなかったけれど、あの時はほんの一瞬だったし、わたしの目と頭がよくないせいもあるのだろう。

あれが熊だったら。追っ手だったら。それ以外の何かだったら。

わたしは命拾いした、ということか。殺されずに済んだということか。

次の標的にされかかったのに、何とか逃げおおせることができた、ということか。

太刀川さんの首を思い出した。

その隣に並ぶ、わたしの首のことを考えた。

座っているのに呼吸が荒くなっていた。胸が苦しく、何度深く空気を吸い込んでも直らない。

遅れてきた恐怖が身体を縛り付けていた。心を冷たくしていた。

「ちょっとちょっと、大丈夫?」

佐原さんの声がしたが、顔はよく見えない。視界がやけに暗く、狭い。瞬きをすればするほど酷くなる。

ヒーッ、ヒーッ、と繰り返される奇妙な音が、自分の息だと気付いた。苦しい。どれだけ空気を吸っても楽にならない。頭も痛くなってきた。どうしよう。

「ああもう、寝て、寝て」

佐原さんの声が耳元で聞こえた。言うとおりにしよう、と思うより先に、彼女に寝転ばされた。ガサガサとまた別の物音がする。

不意に目の前に白いものが覆い被さった。袋だ、何かの袋を被せられている。

「待って待って。何してんの社長」

佐原さんの鋭い声が飛ぶ。

「だって過呼吸っつったら、これが」

土屋さんがもごもごと答える。

「それが間違いなの。余計に酸素足りなくなる」

佐原さんが言って、袋を取り去る。

「口をすぼめて。違う、そうじゃなくて。こう……そうそう。それでゆっくり息をして。吸って。吐いて。吸って……」

言われたとおりに口の形を作って呼吸すると、息苦しさが少しずつ治まってきた。酸素が肺に行きわたるのが分かる。視界が徐々に広がっていく。

すう、はあ、と軽い深呼吸ができるようになった頃、わたしは土屋さんのさっきの言葉の意味に、ようやく気付いた。わたしは過呼吸だったのだ。今はどうやら佐原さんに膝枕をされて、応急処置を施されているらしい。

目の前に佐原さんの顔があった。髪の毛の角度、光の向き。やはりわたしは膝枕をされている。

「大丈夫？」

「はい……すみません」

涙で佐原さんの顔が滲んだ。その隣からにゅっと覗き込んだのは、たぶん土屋さんだ。手に水のペットボトルを持っている。

「まあ、特例ってことで。全部じゃない程度に飲んだらいい」

わたしは膝枕されたままペットボトルを受け取った。佐原さんが呆れて言う。

「あんたさ、間違ったことやろうとしてたくせに、何を今になって偉ッそうに」

「いいだろ。挽回させてくれ」

「はっ」

二人の遣り取りをぼんやり聞きながら、キャップを開けて中身を口に注ぐ。水はとても美味しく、細胞一つ一つに染み渡るようだった。思わず「ぶはあ」と年寄り臭い声が出る。佐原さんが苦笑した。わたしの口角もほんの少しだけれど、勝手に上がった。

身体を起こす。自力で座る。少しぼんやりするけれど、苦痛はどこにもない。佐原さんが「それ、片付けときなよ」と、土屋さんの手元にあるものを指す。太刀川さんのリュックだった。

「……なんか、レジ袋みたいな見た目だね。ちょっと分厚くてヒモ通してるだけで」

「そう。だから俺も、過呼吸だ、レジ袋だ、じゃあそれっぽいこのリュックが使えるって思って、中身全部出して」

「リュックのせいにしてんじゃないよ社長。ねえ久保くん」

佐原さんが声をかけたが、返事はなかった。久保くんは這いつくばるようにして、床から何かを拾い上げる。

ジッパー付きの透明なポリ袋だった。中には小ぶりな大学ノートが入っている。他にもペンや鉛筆が何本か見える。

久保くんは躊躇うことなくジッパーを開け、ノートを取り出した。一冊をパラパラと捲り、手を止め、また捲る。右手の甲の真ん中に大きな黒子《ほくろ》がある。

わたしたちが無言で見守っていると、ややあって「なるほど」とつぶやく。

「怪しいとは思ってたんですよ。太刀川さんのこと」

「怪しい？」と土屋さん。

「ええ、Tについて妙に詳しかった」

言われてみればそうだった気もするが、よく思い出せない。記憶を辿っていると、久保くんは「ああ、これは」と唐突に苦笑して、ノートの間から何かを抜き出した。名刺だった。

「ワカチタ」と片仮名で、大きく書かれている。

肩書きは「編集・ライター・ＤＴＰ・撮影・イラスト・漫画」だった。妙に角張った、クセの強いイラストも描かれている。

二頭身の男性のイラストだった。顔は太刀川さんの特徴をよく捉えていた。

「この絵、なんか見たことありますね。何だろう」

「漫画だよ。それもほら、何て言うの？　コンビニ漫画？」

答えたのは佐原さんだった。

「別に詳しいわけじゃないけど、たまに読むから分かる。あんた知らない？　アユミさんだっけ。読まないか、そんなの」

「……読みません」

「だよねえ、読まないよねえ、女子だもん」

佐原さんは言ったが、少しも腹は立たなかった。口が多少悪いだけで、悪い人ではない。苦しむ人に手を差し伸べることができる人だ。今はそれが分かる。

久保くんが名刺を摘まんだまま説明する。

「まあ、下品で低俗な漫画ですよ。ハンシャと三面記事とエログロ、そういうのばかり載ってる。中にはルポ漫画もある。漫画家やライターが取材したものを、漫画に起こしたものですね」

「ああ、そういうことか」

土屋さんが言った。佐原さんも「こんなこともするんだ。大変だね」と憐《あわ》れむような表情を浮かべる。わたしは何も理解できていないのに、反射的に何度も頷いてしまう。昔からの癖だ。こういう状況では分かったふりをしてしまう。だが――

「水野さんはどうですか」

訊いたのは久保くんだった。

「え？」

「さっきまで過呼吸でしたよね。まだちょっと頭がボンヤリしてるんじゃないか、思考も何もかも鈍ってるんじゃないか、と思ったので」

「……うん。鈍ってる」

「ああ、よく分かってないんだ」と佐原さん。

「ごめんなさい」

「いやわたしに謝ることじゃないし」

「要するに、ですね。太刀川さんは潜入取材でTの研修に参加したんですよ」

久保くんはノートを掲げて、

「このノートにはTのことが書かれている。あそこで起こったこともそうだけど、太刀川さん自身の所感やなんかも。まあ日記ですね。でもまあ、よく書く気になれたな。見付かったら終わりだ」

「名刺挟まってたのも大概だぞ。言い逃れできない」

「ええ。脇が甘いというか何というか」

「馬鹿だねえ」

「ふふ」

わたしたちは顔を見合わせて笑ったが、それもほんの一瞬のことだった。嫌な空気が小屋を満たしていた。

いつの間にか久保くんが、ノートを読んでいた。床に広げて、真剣に読み耽《ふけ》っている。

「……何が書いてあるの。見せてよ」

「ええ。こちらへどうぞ」

「俺も」

佐原さんと土屋さんが、這うようにして久保くんのところに向かう。わたしは遅れて腰を浮かした。

ノートには小さな字がびっしりと書かれていた。意外と丸っこくてかわいらしい字だった。

二

「死ね死ね日記71」
○月×日
最寄りのコンビニの店員タナカに煙草《たばこ》の銘柄を告げたら顔も上げずに「あー番号でお願いしゃっす」。番号を言ったら言ったで舌打ち。会計後は友達らしき女とレジ前で駄弁《だべ》る。死ね。
ムーン出版第二編集部の白埜《しろの》、今日も打ち合わせと称して呼び付けて飯食うだけ、しかも割り勘。年始に持ち込んだ連載企画が自分抜き、地下アイドルメインで始まっていた件、質問しても「そうだっけ？」の一言。死ね。

○月×日
水氷《すいひょう》社、ギャラ未払いで夜逃げ。死ね。底辺編プロに俺の連絡先を教えたクソライターの根岸《ねぎし》も死ね。ゴミ屋敷の隣人も死ね。ベランダの天井近くまでゴミが積んであって危険すぎる。死ね。

○月×日
深夜にドアをガンガン叩かれたので出たらゴミ屋敷の隣人だった。乱杭歯《らんぐいば》の酒臭いジジイ。顔を合わせるのが久々すぎてすぐには思い出せず、それもあって更にキレさせてしまう。俺の歌声がうるさいと言われたがもちろん夜中にこのボロアパートでそんな非常識な真似はしていない。だがまともな会話が成立するとは思えなかったので平謝りして帰ってもらう。一時間近くかかった。死ね。とにかく死ね。

○月×日

悪臭。アパートの誰かの便所が詰まったか、それともゴミ屋敷の隣人が食べ残した食い物か糞便《ふんべん》が腐ったか。これまでゴミ屋敷の住人を何人も取材したし、ゴミ屋敷清掃企画も何回かやったし、特殊清掃のバイトもしたことがあるが、あいつらゴミ屋敷の住人は高確率で糞便を溜《た》める。トイレがゴミで溢れて使えなくなっているからだ。小便はペットボトル、大便はコンビニの弁当ガラに溜める。大半は男だが女もゼロではない。わざわざペットボトルの口を切って女が用を足しやすい形に「工作」する。ゴミを片付ける手間は惜しむくせにこういった「工作」には手間暇を惜しまないのが流石《さすが》ゴミ屋敷の住人だ。それを病気、疾患と呼ぶのならそうだろう。死ね。

○月×日

実話《じつわ》アポカリプス編集部の高杉《たかすぎ》と末次《すえつぐ》死ね。ウーバー登録して働いて配達先の金持ち盗撮企画？単純に犯罪。クソ企画なのはもちろんだが、それを俺が断らないと思って依頼するのが最悪にクソ。死ね。今すぐ死んでくれ。

○月×日

お袋と弟から連続で電話。内容はどちらも「金貸してくれ」。死ね。二度と連絡してくるな。

〇月×日

アパートの悪臭ますますキツくなり、ひょっとしてと思って大家に連絡。やはりゴミ屋敷の隣人が孤独死。十年近く隣に住んでいたが、あのジジイが「氏原《うじはら》」という名前なのを初めて知る。死後おそらく一ヵ月かそこら。

すぐアポカリプスに打診。写真、イラスト、取材、組み、ネーム、デザイン完パケの取材記事を4頁《ページ》受けることに。高杉のやつが考えた「死にたてホヤホヤ！　ゴミ屋敷×孤独死×事故物件崖っ縁おじさんワカチタの突撃ルポ」というタイトルキャッチは最低だしグロスとしては最低レベルのギャラだが仕方ない。高杉死ね。俺も死ね。

違っていた。

わたしたちにした身の上話とは、随分違う。

でも、特に腹は立たなかった。むしろ「大変そうだな」と思った。

ライターの仕事は華やかでもお洒落でもない。知識では知っていたけれど、こんな風だと想像したことは一度もなかった。決して裕福ではなく、取引先から足元を見られ、でも関係を切ることも変えることもできず——

「底辺だな、底辺ライター」

土屋さんが吐き捨てたが、

「ここにいる人間に言われたくないだろうけどね、あの人も」

間髪を容《い》れず佐原さんに突っ込まれ、不満げに鼻を鳴らす。

「底辺ってほどでもないですよ、所謂《いわゆる》こたつライターなんて情報商材屋のカモだ。そういうのに比べたら……」

久保くんは最後まで言わなかった。カモ、という言葉の意味に気付いたのだろう。わたしたちのことだ。

「これ、全然Tの話じゃないですけど」

変な空気を変えようとわたしは質問した。久保くんは簡潔に答えた。

「もうすぐ出てきます」

〇月×日
氏原の部屋の特殊清掃に短期バイト参加成功。案の定、尿の入った大量のペットボトルとクソ入り弁当箱の山が見付かる。遺体は既に運び出された後だが頭皮（髪付き）がべったり着いた枕や腐汁が染み込んだ雑誌の山などを黙々と片付ける。これまで見てきたゴミ屋敷と大同小異で特に意外性や新鮮味はない。だが雑誌の中に俺が寄稿していた二〇〇五年頃の『月刊フリークス！』『実話GOKUJOH』が見付かる。どちらも今は休刊。俺が寄稿したコンビニ漫画もドカドカ出てきたが、ほとんどの編集部が今は解散しているはず。感慨に浸っていると二十代らしき「先輩」に小突かれる。死ね。
清掃が終わって撤収。ホライゾン出版第四編集部から着信。折り返すも誰も出ず。午後八時で出払うな。死ね。

○月×日
ホライゾン出版第四編集部の谷田部《やたべ》から「また潜入取材しませんか」と電話。こいつとは前にホームレス企画、治験企画、樹海キャンプ企画にドヤ街滞在企画、売春島住み込み労働企画に心霊スポット連泊企画もやった。

今回は『実話デッドエンド』の特別企画でマルチの洗脳合宿に潜入しろとのこと。死ね。

○月×日
ホライゾン出版ビルに呼び出され谷田部と打ち合わせ。洗脳合宿潜入について。てっきり来月号掲載かと思ったら来年春辺りだという。長期的に潜入しないと合宿には行けないらしい。ギャラについて聞くも案の定、要領を得ず。もちろん契約書なし。この日の交通費も出ず。出版社はいつまで経ってもこう。死ね。

○月×日
潜入の下準備として警備員のアルバイトを開始。時給千円。死ね。決まった時間だけ拘束され労働するのは久々で困惑。並行して調査。

株式会社T。元「株式会社ティー・プランニング」であり、その前は「Tネクスト株式会社」であり、さらにその前は「株式会社OサンQ」「ちりぬる株式会社」「株式会社ABCD」など、数年単位で会社名を変えている。おそらく検索よけ。あくまで同定できたのがこれだけで俺や谷田部のリサーチで「空白期間」となっている時期（一九九四〜九七、二〇〇五〜〇六他）は別の社名だった可能性大。

会社の公式サイトはあるが内容は最小限。現社長は続木宣治《つづきのぶはる》。顔写真は検索しても見付からず。サイトにはプロフィールが少しだけ書いてあったが真偽不明。糾弾サイトやブログもあるにはあるが現在の株式会社Tと結び付けているものはブログ二件のみ。しかも全く話題になっておらず。

○月×日
警備しているビルの企業の新卒らしき社員に挨拶するも無視される。死ね。タナカに釣り銭を投げ置かれる。死ね。お袋からまた借金の電話。死ね。

ムーン出版の原稿、急ぎだと言うから書いて送ったのに返信なし。分かっていたが死ね。

○月×日
外を警備中に酔っ払いに絡まれる。負け犬呼ばわり。死ね。

実話アポカリプスの企画で廃墟《はいきょ》取材。オカルトライターの石塚《いしづか》ナメクジという小僧と集合場所で初顔合わせ。元々怪談師だったが、同業者の足の引っ張り合いにうんざりしてライター業に軸足を移したとのこと。俺が駆け出しだった頃にも同様のケースあるも今はまるで聞かず。新興ジャンル、未来のある業界に必ず起こる現象らしい。

廃墟取材、特筆すべきことなし。

関東圏にかなりの数あるTの店、谷田部と協議の末、練馬のダイニングバーに決定。

○月×日
午後七時、練馬のダイニングバーに足を運ぶ。中くらいの規模。漠然と南国風の内装。盛況。照明はやや暗いが水回り含め清潔。ホールは色黒で痩せて口の大きな二十代後半らしき女性店員（名札はマミ）、がっしりした三十くらいの男性店員（ダイジロー）。新人らしき男性も数名いたがこちらのテーブルには来ず。シンハー三杯。ゴーヤチャンプルー、焼きとん盛り合わせ、ソーセージ盛り合わせ、ニンニクホイル焼きを食す。メニュー自体は普通だがどれも美味。マミ、ダイジローと会話するが当たり障りのない範囲。

九時過ぎに退店。値段はかなり良心的。※領収書参照。

○月×日
カルト専門ライター倉渕悪郎《くらぶちあくろう》さんから興味深い話。株式会社Tの社長、続木宣治の祖父は続木宣《のぶ》雄《お》である可能性大。戦後Q県T町（現W市東部）にて創始された新興宗教「ひのたま教」の教祖。事実ならTの本拠地および合宿所はQ県か。

ひのたま教は信者数も少なく短期間で離散したため詳細未詳。倉渕さんにも協力を仰ぎ調査依頼。ノーギャラで快く引き受けてくれる。深謝。

○月×日

午後九時入店。カマキリ顔の男性店員シュージと、ヤンキー風の女性店員モモカ。後者が積極的に絡んでくる。「話が面白い」「好きだった先輩に似ている」「別れた奥さんは見る目がない」などなど。十一時過ぎ退店。

○月×日
ひのたま教について倉淵さんに問い合わせるも進展なし。

○月×日
オカルトライターのナメクジから興味深い話。W市東部の山間部に禁足地《きんそくち》あり。取材しても理由は分からず資料も見付からなかったが、大正期の古地図には「斬首ノ森」とあるとのこと。地図の切り抜き画像を送ってもらったがたしかにそう読める。倉淵さんと共有。


禁足地。

斬首ノ森。

顔を上げると久保くんと目が合った。土屋さんとも、佐原さんとも。三人とも顔が青ざめている。

「ここが、そうってこと……?」

佐原さんが口を開いた。

「どうなんでしょうね」

久保くんが首を傾《かし》げながら答える。

「いや、おかしいだろ。この小屋があるって時点でおかしい。禁足してない」

土屋さんがそれなりに説得力のある反論をするが、空気は変わらなかった。

みんなの顔を見たけれど、誰もそれ以上は口を開かなかった。

わたしは再び太刀川さんの日記に目を向けた。

○月×日
午後九時入店。午前零時退店。

モモカと話が弾む。

○月×日
午後六時入店。午前零時退店。

マミと話が弾む。

○月×日
午後七時入店。午前零時退店。

モモカと話が弾む。つい気が大きくなってダイジローに説教めいたことを言ってしまう。死ね。

死ね死ね死ね死んでしまえ。

○月×日

午後五時入店。午前零時退店。

「今日はずっといてくれてありがとうございます」とモモカから礼を言われる。

○月×日
午後五時入店。

カズハという子が入ってきた。新人だという。陰のあるところが店の雰囲気と合っていないようで逆にいい。

午前零時退店。

○月×日
午後五時入店。

カズハと話が弾む。スレておらずとても素直でいい娘《こ》。

午前零時退店。

○月×日
午後五時三十分入店。カズハ、モモカに入浴剤のプレゼント。マミの分も渡す。「前から欲しかった」「最近疲れていたから丁度いい」と、とても喜ばれる。

午前零時退店。

○月×日
午後七時入店。谷田部を連れて行く。顔を知られたくないとずっと拒否していたがこちらの説得に折れた形。店の前まで文句を垂れていたが、入店したらしたでごくごく自然に振る舞う。おまけにマミと盛り上がって俺をイジり始める。

谷田部の提案で午後十時退店。ある程度離れたところで
「ワカチタさん、楽しそうでしたね」と赤ら顔で言いやがった。

「普通に遊んでません？」

「遊んでない。仕事だ」

「いやいや、あいつらに会うの、結構楽しみにしてますよね？　そりゃ近付くためには足繁《しげ》く通わなきゃいけませんし、怪しまれるよりは全然マシですけど」

「だから？」

「店の娘に入れ上げたりしてませんよね？　プレゼントあげたりとか」

「あげてるさ」

「ちょっとちょっとワカチタさん」

「作戦に決まってるだろ」

そうだ。作戦に決まっている。作戦だ。あいつらから旨《うま》い話を持ちかけられ、セミナーに誘われるための。それ以外の何ものでもない。店員どもと話すのが楽しい、ちやほやされて嬉しいなどとは微塵《みじん》も思っていない。思っているわけがない。

その場で谷田部と口論になり、通行人に引き剝がされる。最終的に向こうが謝って終わったが、

そう思っているのは俺だけかもしれない。そもそも口論にすらなっていない可能性もある。最初から独り相撲で、谷田部には適当にあしらわれただけだった気がする。駄目だ。どうしてこんな苦しくなるだけのことを書いてしまうのだろう。自分がまだ正気であるということの証《あかし》か、自分の人生に言い訳しているのか。死ね。死んでしまえ。

○月×日
店休日なのに間違えて店に行ってしまう。

もちろん作戦。作戦だ。

○月×日
午後六時半入店。

ちょくちょく店で見かける客の一人が話しかけてくる。名前は皆月《みなづき》、肩書きは実業家。「この店のオーナーとも懇意」だという。仕事の話、プライベートの話。もちろんカモが食い付くようなTの作り話だが、事実もそう変わらない。俺は負け犬だ。ゴミだ。死ね。

○月×日
ひのたま教について倉淵さんより。

このアホみたいな名前の新興宗教は一九四八年春頃、T町にて興ったが、そもそもは水房《みずふさ》キヨという女のしたことに端を発するものであった。

キヨは当時六十歳から七十歳。T町の外れの小屋に一人で住んでいた。かつては家族がいたらしいが夫を戦災で失い、一粒種の子供も若くして病気で亡くしたらしい。特に後者による心痛でキヨは世を儚《はかな》み近隣との交わりを避けるようになったという。言わば彼女は町はずれ村はずれの「変な婆《ばあ》さん」であると同時に「可哀想《かわいそう》な婆さん」だった。

一九四六年夏。T町で原因不明の熱病が流行し、何人も死んだ。子供が罹患《りかん》し困り果てた母親の一人が、子供を背負ってキヨの家に向かった。キヨは自給自足の生活を送っており、山の植物の薬効に関する知識もあると聞いたことがあった。また彼女の両親（当時既に故人）はキヨと比較的交流があり、キヨが決して危険でないことを両親から聞かされていた。

事情を聞いたキヨは子供を預かり、二週間後にまた来るよう命じて、母親を帰らせた。言われたとおりに再訪すると子供はすっかり元気になっていた。キヨによるとこの辺りにしか生えない植物を煎じて飲ませたそうだが、彼女はそれ以上の説明を避けた。子供も詳しいことは語らなかった。キヨは二人にこのことは誰にも言うなと強く命じた。

だが熱病に罹《かか》る者は一向に減らず、母親がうっかり周囲にキヨのことを漏らしてしまう。人々はキヨの許《もと》に殺到したが彼女は山奥に引っ込んでしまい、誰も会うことはできなかった。

T町は混乱に陥った。相談、交渉のためという名目の山狩りも辞さない。町長も含む町民、特に男性間でそんな空気が出来上がった。そこに続木宣雄という男が「自分一人で行く、説得に当たる」と提案した。宣雄は戦前、遠縁の親戚を頼ってT町に移り住んでいた。農作業の手伝いをしていたが、三十歳で独り身だったこともあり、当時の地方社会では「プラプラしている余所者《よそもの》」という扱いだった。だから彼の提案を真に受けるものは一人もいなかったが、彼はこれを説得。「自分は東京で心霊科学を学んでおり、人の放つ霊性、神性を見ることができる。それを使えばキヨを捜し出すことができる」「これは他の人間がいると雑念が入ってうまく探り出すことが難しくなるので、単独でやらせてほしい」……

人々は彼の熱意に心打たれ、任せてみることにした。宣雄は翌日一人で山に向かい、そして四日後にキヨを連れて戻ってきた。二人とも木の実や葉、根を抱えていた。

キヨの家はそれから病院、あるいは薬局のようになった。訪れた人間は二週間ほどそこに「入院」し、回復。帰宅後は貰《もら》った薬を飲み続けた。簡単な祈りの言葉もキヨから教わった。

一連の流れはキヨの発案だとされるが、実際に町民に伝え、キヨの家で取り仕切ったのは宣雄だ。キヨは神の声を聞き、神の住む山に分け入り、神の力を宿した植物を探り当て、神の言葉とともに人々を救う力を持つ。だがそれゆえ、彼女は人の世から距離を置いてしまった。宣雄は自らを「キヨと人との仲介役」とし、立ち回った。キヨはもちろんのこと、列に並ぶ人々にも飲食物を振る舞ったりもしたという。

熱病に罹った者は皆全快した。隣の町村の人間も噂《うわさ》を聞きつけて人々が訪れるようになった。人々は自発的にキヨにお礼の物品や金銭を渡した。キヨは極貧とも言える生活を脱したが多くを求めること、着飾ることは決してせず、彼女の家が少しばかり増築された程度だった。つまり病が去っても人々は事あるごとにキヨを頼ったわけだ。病気や怪我《けが》のみならず吉凶や、失《う》せ物の在処《ありか》を占ってもらったりもしたという。キヨはそれらに答えはしたが、人々と必要以上の対話はせず、いわゆる窓口は全て宣雄が担った。

「ひのたま教」の誕生である。命名はキヨ。

以上のソースは元信者の一人が所有していた「ひのたまの書」なる十数頁ほどの冊子で、著者は水房キヨ。信者の没後、その孫にあたる人物が物置で見付け、オークションサイトに出し、それを倉淵さんがつい先日見付けて落札した。金額はたったの二百円。

倉淵さんは内容説明の前に「真に受けない方がいい」と言っていたが同感。そもそも文章そのものがキヨの手によるものではなく、続木宣雄が書いたものと考えた方が筋が通る。例えば最初に子供を癒やすくだりは、頂離教《ちようり》の里中《さとなか》よう子《こ》、真安霊界《まやすれいかい》の前田《まえだ》球体《きゆうたい》など、他の宗教者のエピソードと類似点がある。これは俺みたいな何でも屋ですら容易にそれと気付くレベルだ。参考にしたのか、或《あ》いは偶然の一致か、いずれにしてもキヨの「伝説化」を意図した、事実と異なる記述であると考えてよさそうだ。

宣雄の書いたものだと仮定すると、町の人々を宣雄が説得し、一人で山へキヨを捜しに行ったというのも怪しくなってくる。人々が自発的にお礼を持ってきただとか、宣雄がキヨと人とを仲介しているといった内容も同様だ。熱病に罹った人間が全て治癒したというのも「盛った」と考えていい。キヨが生薬の知識を持っていたこと、それによってT町の何人かを治療したことはおそらく事実。続木宣雄は彼女とその知識を利用し、人と金を集める新興宗教という名のビジネスを始めたのでは。

「金のために決まってる、クソが」と俺が吐き捨てたところ、倉淵さんは「そんなに儲けてはいなかったようだね」と反論した。

「それに、当時は全国何処《どこ》でも、こうした新しい拠《よ》り所が必要とされていたからね。戦争に負けて、現人神《あらひとがみ》はただの人間だって事実がバラされて、旧来の信仰と、それを軸にした共同体が崩壊したんだ。ひょっとしたら宣雄は本当に善意や使命感で『ひのたま教』を興したのかもしれないよ。本気でT町を救おうとしたんだ。まあ、自分の立ち位置というか、居場所を確保したいっていう下心もあっただろうけどね」

終戦後の新興宗教の乱立は基礎知識ではあるが、一応は書いておこう。最近、この仕事を始めた頃の謙虚さを忘れている気がする。それに物忘れも酷くなった。こないだも店休日なのに店に足を運んでしまった。

「ひのたまの書」は一九五〇年、信者だけでなく一部のT町民にも配られたものだそうだが、これは当時町長選に立候補した人物が少しでも多く票を集めるため「ひのたま教」に接近したことに端を発する。町長候補は集会所や広場にキヨを招き、信者も含めた聴衆に演説をしたらしい。この辺りは「ひのたまの書」に直接的な記載なく倉淵さんの現地調査によって判明。もちろん教団側の窓口は続木宣雄。おそらく少なくない額の「寄付」「お布施」があったのだろう。

だがこの関係は町長選を前に終わったらしい、というのが倉淵さんの推測だ。

キヨが死んだのだ。

彼女だけでなく、信者五名も。

当時の地方紙では大きく取り上げられたが、続報はない。倉淵さんの聞き込みによれば、地元には「何者かに殺された」「殺し合った」という二つの噂が流れたという。現場はキヨの家だった。当時は何人かの信者と共同生活を送っていたらしい。

真相はどうあれ、血腥《ちなまぐさ》い事件を起こした宗教団体と仲良くしたい政治家などいない。協調体制は決裂し、続木は失踪。「ひのたま教」は自然消滅した。

倉淵さんは地元警察に問い合わせてみるとのこと。

○月×日
午後五時入店。

六時頃に皆月が来店。モモカもいて大いに盛り上がる。楽しい。ヤツらが俺を品定めしているのだと分かっていても楽しい。

○月×日
昼間から皆月に誘われ外出。新宿駅で待ち合わせ、皆月の車でR県の響野《ひびきの》リゾートホテルへ。食事を奢《おご》ってもらう。大した会話はせず。

午後十時、新宿駅で解散。

○月×日
夕方に皆月に誘われ外出。赤坂《あかさか》の居酒屋で奢ってもらう。大した会話はせず。

深夜、練馬駅で解散。

○月×日
午後五時入店。

皆月から遂《つい》に「Tの人間に会ってほしい」と相談された。連中のお眼鏡《めがね》に適《かな》ったらしい。何度か渋ってみせてから承諾。午後九時退店し谷田部に報告。

ここから先はしばらく、森を歩く中で本人から聞いたことと、大体同じ内容が書かれていた。変化が表れたのは終盤だった。

○月×日
倉淵さんより。
「ひのたま教」について興味深い情報。
警察はキヨ、そして信者五名を全員、自然死として処理したという。
納得できないと倉淵さんは言っていたが同感。捜査が面倒だったのだろう。

○月×日
明日《あした》から合宿だ。殺されないように頑張ろう。
でも、殺されてもいいかもしれない。
精神的に殺されるのはもちろん、実際殺されるのも。

○月×日　△時□分
新宿駅に向かう電車の中でこれを書いている。ここからは肉体的、精神的にかなりキツいことが予想される。洗脳。自分が自分でなくなってしまうこと。中身から作り替えられること。

こんなクソみたいな人生でも、こんな木っ端《こっぱ》の人間でも、いざ壊されるかもという状況に立たされると恐ろしい。

○月×日
合宿初日。

ここまでとは思わなかった。メモを取ることもできない。言語化するのも耐え難いほど辛い。涙が止まらない。

○月×日
カズハに会いたい　モモカに会いたい　マミに会いたい
会ってまた楽しい話がしたい

○月×日
マミ　カズハ　モモカ
生きてやる
こんなやつらに殺されてたまるか
生きないと
エナジーTをくすねて隠れて食う　それで理性を保つ

○月×日
人が死んだ　殺された
いや、俺たちが殺したようなものだ
決行しなければ
絶対に

○月×日
脱出初日。森の中にあるツリーハウスのような小屋で、隠し持っていた方のサカサイヌミミイチゴをつまみながらこれを書いている。ガキの頃によく食った懐かしい味だ。森に逃げ込んでから、気付けばずっと食っている。

周りの者は全員熟睡。俺も今にも寝落ちしてしまいそうだが書き留めておく。脱出したのは俺、ツチヤヨシアキ、クボヤスシ、サハラハルナ、ミズノアユミの五人。奇跡だ、うれしい、生きて帰れる。クソみたいな最高の人生に戻れる。今までと同じ底辺の、最

三

メモは途中で終わっていた。赤茶色の染みが付いていたが、サカサイヌミミイチゴの果汁だろう。

全員がほとんど同時に、長い溜息を吐いた。悪いものを全部、身体から絞り出すかのようだった。

「……きっつ」

最初に喋ったのは佐原さんだった。

「疲れたわ。読んだだけで、だいぶ削られた。字はかわいいのにね」

「ああ」

答えたのは土屋さんだったが、わたしもキツかった。

潜入取材だった。最初から怪しいと分かってTに近付いた。でも太刀川さんは、Tと関わる前から追い詰められていた。おまけに取り込まれかけていた。

「お店の女の子に入れあげてるもんね」と佐原さん。

「出版社の、これ編集者っていうのか？　谷田部ってやつも相当なクソだな。足元見てるっていうか、鉄砲玉くらいにしか思ってないだろ。違う、谷田部だけじゃない。他のヤツらも」

「みたいですね」

久保くんが答えた。「でもまあ、あんまり太刀川さんの内面や、人間関係に立ち入るのは得策じゃないかもしれない。こっちの気が滅入《めい》るだけです」

彼を除く全員が頷く。

「じゃあ、何に立ち入るべきかというと……ひのたま教の記述」

「そうか？」

土屋さんが眉根を寄せる。

「はっきり言ってどうでもいいぞ。Tとの関係もよく分からなかったし。俺が読み飛ばしただけか？」

「いえ、そこはたしかに曖昧ですが。ここですよ」

久保くんは手を伸ばして、ノートの一角を指す。

「ミミズクだかフクロウだかが言ってた禁足地……斬首ノ森っていう記述」

「そうね。ミミズクじゃなくてナメクジだけど。石塚ナメクジ」

佐原さんが答える。

重い泥を飲まされたような、嫌な気持ちになっていた。分かったことはいくつもあったけれど、役に立つことは一つも書かれていなかった。ただ嫌な方向に想像が膨らんだだけ。

「もう一つ。最後のところです」

久保くんが言う。

「これ、夜中から未明のどこかで、ここで書いたってことですよね。そして途中で切れている」

もう何度目か忘れたけれど、わたしたちは顔を見合わせた。全員が同じことを考えているようだった。

「え、じゃあ……」

佐原さんが目を見開いて、

「やっぱり、この中の誰かってことになるじゃんか！　熊なんかじゃないってことになるでしょ。誰？　ねえ誰なの？」

弾《はじ》かれたように、壁際まで後退る。

「……どうでしょう」

答えたのは久保くんだった。

「そこまで決め付けていいか分かりませんよ。急に催して中断しただけかもしれないし。そのまま外に出て……」

「でもこのノート、リュックに入ってたんでしょ？」

佐原さんが遮った。決して大声ではないけれど、悲鳴みたいだった。

「誰かが殴って昏倒《こんとう》させて、ノート仕舞って、そんでここを下りてあの木のところまで連れてったってことになるんじゃないの」

「……………」

なる。絶対ではないけれど、そうなりそうな気がする。熊では有り得ない。Tの追っ手でもなさそうだ。となると、やはり――

誰もが彼女の言葉を受け入れかけていた。

「で、誰？」

佐原さんが改めて訊く。

ヒリヒリした沈黙に目眩《めまい》を覚え始めた、まさにその時、

「動機がない」

土屋さんが口を開いた。

「ここで殺して何になるんすか。しかも首まで斬って。俺らの中に異常者がいるってこと？」

「そりゃあんた、人が減ればその分、食料が」

「なるほど。有り得なくはない。じゃあ何で太刀川さんなんです？　この中だったらどう考えても佐原さんでしょ。それか鮎実ちゃんだ。その方が断然殺しやすい」

不意に名前を呼ばれて、わたしは驚いた。じわりと変な汗が身体から滲み出る。

「仕切り役を真っ先に殺す意味も分からない。この状況ではむしろ不利だ」

「そりゃあ……」

言葉を探す佐原さんを横目に、

「たしかに。損得勘定に合わない」

久保くんが頷く。

「もちろん、これは世間一般の、常識と言っていい価値観や論理観で考えた場合の話です。逆に言うと、犯人――便宜上そう表現します――が、そうじゃない価値観で動いていたら全く太刀打ちできない。今までの推理は全く意味がないわけです。そして常識外の価値観なんてわりとすぐ側にあるし、やろうと思えば簡単に植え付けられる。僕たちはそれをよく知っている」

一人一人を順に見据える。

反応する人は誰もいなかったけれど、頷いたのと一緒だった。佐原さんは苛立たしげに、自分の髪を触っていた。

ギッ、と床板を鳴らして、土屋さんが立ち上がった。身体を伸ばす。腰を回す。

「結局、ノート読んでも何の得にもならなかったな。太刀川さんが嘘吐いてたのが分かっただけだ。それも決定的な嘘じゃない。俺にとっては正直、どっちでもいいことだ」

「ですね」

久保くんは平然と答えた。

「でも、それは読まないと分からなかったことです。だから無駄足を踏んだとも思えません」

土屋さんは何か言いたそうにしていたが、結局小さく唸《うな》っただけだった。ギシギシと小屋中を歩き回る。

「で、どうすんの？」

佐原さんが訊ねた。

「久保くん？　だっけ？　あんたが頭いいのは分かったよ。こういう時に冷静になろうとしてんのも立派だね。わたしなんかと違って。じゃあ、どうしたらいい？　それも考えてるんでしょ」

少し考えて、久保くんが答えた。

「最終目的は、この森から出ることと、Tから逃れること。全く達成できていないのは前者です。後者は達成できていると思いたいけれど、違うかもしれない。その一番大きな理由が、太刀川さんの死です」

「ふんふん、なるほど。たしかに」

佐原さんが急かすような相槌を打つ。

土屋さんは歩き回っている。

「今の選択肢は二つしかなくて、ここに籠城するか、ここを捨てて森の出口を探るか、です」

「ふん。で、あんたは？」

「前者です。ここに残るべきかと」

「………」

「食料は少しある。ここを拠点にして水や食料を確保して、長期的に脱出計画を練る、というのがベターだと思います。地図を作ったりして、少しずつ進むんです」

「……どう？」

佐原さんはわたしに訊ねた。「わたしの頭じゃ判断できないもん。合ってる気もするけど怪しい気もする。そもそもどっちにしたって集団行動でしょ？　それがイヤなのもあるし。だって人殺しかもしれない人と、ずっと一緒にいるんだよ？　どう、鮎実ちゃん」

「わたしは……」

回らない頭で考えた。

真っ先に思い浮かんだのは『家族ロビンソン漂流記　ふしぎな島のフローネ』だった。小さい頃、親にレンタルしてもらったビデオで見た、昔の連続アニメだ。きっとわたしが生まれるずっと前の。嵐で無人島に漂流した家族が、自給自足の生活を送りながら船が通るのを待つ。そんな話だ。もちろん最後は無事に船に見付けてもらって、国に帰れるのだけれど、正直その辺りはほとんど覚えていない。島で暮らすくだりの方が、はるかに面白かったからだ。

呑気だ、馬鹿だと自分でも呆れる。森でこの人たちと暮らすことを、作り話と一緒に考えてはいけない。こんな森で暮らせるとは思えない。水があるのか、食料は。食べられるものとそうでないものを見分ける知識は、少なくともわたしにはない。この人たちにあるのかも分からない。逃げた方がいいに決まっている。

でも。

ここを出ても、わたしには――

「俺はここを出るのがいいと思う」

土屋さんが答えた。強い意志の籠もった目でわたしを見下ろし、大きく一度頷く。

「久保くんは楽観的すぎる。俺たちは追われてるんだぞ。一日でも早く連中から離れること、世間に助けを求めること。これを最優先すべきだ。命と引き替えにしてもな」

「しかし」

「鮎実ちゃんだってそう思ってるはずさ。久保くんの屁理屈《へりくつ》に説得されかかってたけど」

わたしは戸惑ったが、何も言えなかった。土屋さんはまた歩き回っていた。床の軋みが座っているわたしにも伝わる。

「ですが土屋さん。危険ですよ。それこそ熊でも出たら――」

「太刀川さんのことをもう忘れたのか？ ここにいても危険なんだ。籠城する意味は全くない」

「ですが」久保くんも立ち上がるが、言葉が続かない。

「お前がイヤだというなら俺一人でも行くぞ。抜けさせてもらう」

「ちょっとちょっと社長、それなんか犯人っぽくない？ めちゃくちゃ犯人が言いそうな台詞《せりふ》だよ。さてはトンズラするタイミング窺ってたでしょ？」

佐原さんが憎々しげに睨めつける。土屋さんが不快そうに睨み返す。

「落ち着いて、落ち着いてください」

久保くんが制する。

どうしよう。こういう状況が一番苦手だ。

でも動けない。立ち上がれない。ただみんなを見ている。馬鹿みたいに体育座りをして。

久保くんが両手を広げて言った。

「とりあえず深呼吸しましょう。それから――」

ミシミシ、と大きな音がした。

パキパキと高い音も。

全員が黙った。

揺れている。

小屋が揺れて、傾いている。

ギギギギギギギギギ
一際大きく、嫌な音がした。ぐらりと大きく小屋が傾ぐ。

「逃げろっ」

土屋さんがわたしの手を掴んだ。

佐原さんと久保くんが、肩を組むようにして出入り口へと向かう。その間もずっとメリメリと音がしていた。

外に誰もいないのを確かめて、わたしたちは地上へ下りた。外していた脚立は土屋さんと久保くんが大急ぎで掛けた。二人は脚立の途中で飛び降りたけれど、わたしにその勇気はなかった。佐原さんにも。

小屋を支える木と支柱が、半分ほど折れていた。見ている間にも音を立てて倒れていく。無意識に全員が、同じ方向に逃げた。小屋から距離を取った。

一際大きく重い音とともに、小屋は地面に叩きつけられた。

そして冗談みたいにあっけなくバラバラになった。

身体に悪そうな埃がもうもうと立ち込めて、わたしは咄嗟に目を細め、鼻と口を押さえる。

埃が収まった頃、久保くんが口を開いた。

「選択肢、一つ減りましたね」

「ああ」

土屋さんがどこか満足げに答えた。

「意外とボロかったたってことかな。重量オーバーになってたっていうか」

「だといいですけど」

「あ？」

土屋さんが睨んだが、久保くんは答えなかった。代わりに「要るものを取ってきます」と、倒壊した小屋へと歩き出す。佐原さんが面倒臭そうにそれに続いた。

わたしは完全に折れた支柱と、木の幹を見ていた。

どちらも腐っているように見えたけれど、はっきりとは分からなかった。分かるだけの頭をわたしは持っていなかった。

ガサ、と背後で音がした。

振り向くと、木々の向こうの茂みが揺れていた。

人影のようなものが見えた。

茂みの陰にいる。座り込んでいるのか。それとも四本の足で立っているのか。

わたしは小さな悲鳴を上げた。

茂みの何かに気付いた土屋さんが身構える。

「ああもう最悪、ぐちゃぐちゃだ」

と、小屋の方で佐原さんが大きな声で零《こぼ》し、わたしも土屋さんも跳び上がる。

揺れは次第に小さくなって、消えた。

影もいつの間にか見えなくなっていた。

ふう、と土屋さんが緊張を解く。

「なになに、どうしたの」

佐原さんの呑気な声がした。

四

麓ではなく山頂を目指せ。

何故《なぜ》なら山頂に出てしまえば、下りる道がはっきり見えるからだ。そして捜索隊からも見付けてもらいやすい――

山で遭難した際の基礎知識らしい。

でも、この森はどこまで歩いても平坦だった。傾斜がないわけではないけれど、登ったと思ったらすぐに下る、単なる起伏だった。

それでもわたしたちは歩いた。

方向は定められなくても、探し当てるべきものが一つあった。

川だ。そして上流を目指すのだ。

久保くんの提案だった。

運がよければ山頂に出られる。見晴らしのよいところに。逆に下流には決して行ってはいけない。

麓に出られるのは水だけだ。途中で滝になったり地下に潜ったりすることは結構あって、つまり人間にとっては高確率で行き止まりだからだ。

「昨日、太刀川さんが言ってたのと、逆じゃない……？」

佐原さんの疑問に、久保くんは「ええ」と答えた。

「僕も思い出したのはさっきです。ぼんやりですけどニュースで見た記憶があります」

「んー、そう言われると、わたしも見たことあるような……」

佐原さんは言いながら再び前を向いた。

遠くの方に、あの木が見えた。

たくさんの刃物がぶら下がっている、大きな木。根元に太刀川さんの首が置かれていた木。

彼の首を目にした時のことを思い出していた。

あの表情。生きている人が浮かべない、あの表情。

そして血だまり。

誰が。何のために。

また同じ疑問に戻ってしまう。

そしてさっきの人影。

獣だろうか。人だろうか。

それとも、それ以外の何かだろうか。

太刀川さんを捜している時に一瞬見かけた、訳の分からない何かと、同じものだろうか。

汗をかいているのは歩いているせいだけではなかった。半分、いや——それ以上は冷や汗だった。

「あの木は……」

先頭を歩く土屋さんが言った。太刀川さんがやっていたとおり、木の枝で地面や木を叩いて鳴らしている。

「どういうことだと思う？　何のための刃物だ？」

「そりゃ切るためでしょ。刃物なんだから」

佐原さんが吐き捨てるように答える。

「どうでしょうね。俺は儀式の名残だと思う」

「は？　儀式？」

「ここには大昔、生贄《いけにえ》の儀式があった。人の首を供えるような儀式が。そうでなければ殉葬《じゅんそう》が」

「ジュンソウ？」

「偉い人の葬儀で、その部下や使用人が一緒に埋葬されるって習俗。高位の死者を一人で送り出すのは拙かろうって考え方だな。死者にも、神様にも失礼だと。まあそれは建前で、実際は権力の誇示だ」

土屋さんは木を叩きながら、

「もちろん、そんな風習は長続きしない。死んだ権力者の威光をアピールするためだけに、大勢の配下を殺していたのでは割に合わないからだ。いくら昔の人間だってそれくらいの計算はできる。だから人間の代わりに別の物を埋葬する。埴輪《はにわ》や兵馬俑《へいばよう》はそのためのものだ、みたいな説がある」

「ああ、うん。それで？」

「この地も人間を埋めるのはやめようって話になった。代わりに動物、牛とか鹿とかを埋めることにした。生き埋めは難しいから、殺して埋めたんだな。おそらく首を斬ったんだろう。で、時代が下るにつれて動物を埋めることは様式化され、埴輪やら何やらで代用するようになったが、首を斬るという行為もまた様式化された。それがあの木だ。吊《つ》り下げられた刃物は、殉葬の名残なんだ。今は完全に廃れてしまったが、戦後間もない頃までは、麓の集落では人が死ぬと、この森に埋葬された。特に有力者はあの木の下に埋められた……」

　彼は芝居がかった調子で遠くを見て、

「はい、無駄話終了」

　と、話を締め括った。

　ふん、と佐原さんが鼻を鳴らし、顔をしかめた。

「面白くないし趣味も悪い」

「ここの印象で言ってみただけっすよ。木の痩せた感じとか、羊歯の湿っぽい感じとか」

「それ、この地面の下に人間の死体が埋まってるってことでしょ。よくそんな気持ち悪いこと考えられるね」

「意外ですね。看護師の人って、その辺結構ドライだと思ってたんですが。万が一事実だとしても、今埋まってるのはただの骨だ」

「看護師だからって好き好んでお墓の上を歩きたいわけじゃないよ」

「まあ、それもそうだな」

「どうだろう」

　言おうとするより先に、勝手に言葉が出ていた。自分で驚いてしまい、鼓動が速まる。土屋さんが訊ねた。

「ん？　どこが『どうだろう』なの？　話の流れ的に佐原さんの発言？　看護師だからって、って
やつ」

「え、何、わたし変なこと言った？」

佐原さんに睨まれ、わたしは歩きながら縮こまる。

「いえ、そっちじゃないです。それは別に」

「じゃあ何」

「あの、大事なところが」

わたしは必死に考えを整理して、言った。

「土屋さんの説は、研修室で見たり、聞いたりしたことと、ピッタリ合わない。ええと、要は……

討伐と結び付かない、気がします」

土屋さんの顔から徐々に、余裕の笑みが消える。佐原さんの表情は険しいままだけれど、その印
象はついさっきまでとは違っている。

久保くんが「そうですね」と同意した。「討伐……素直に考えて〝やっつける〟って意味です。

それも大勢を差し向けて。政治的軍事的なニュアンスがある言葉で、例えばお隣さんが悪いヤツだ
から家族総出で殴りに行った、みたいな状況にはあんまり使わない」

「そ、そうだね」

「社員候補を暴力で服従させる、なんて時にも本来は使わないはず」

レクチャーのことだ。久保くんは自分の言葉に頷きながら、

「だから土屋さんの殉葬説はもちろんだけど、Tのレクチャーともすんなり繫がってくれないんです。討伐という言葉は」

「うん」

答えたのは佐原さんだった。わたしは無意識に頷いていたし、土屋さんもそうだった。

余計に分からなくなった。Tのことも、あの大きな木のことも、この森のことも。

久保くんはわたしの方を向いて、訊ねた。

「水野さんの『どうだろう』って、こんな意味ですか」

「う、うん。そこまでちゃんとしてなかったけど、だいたい」

わたしはほっとして答える。

「討伐ねえ……たしかに。殉葬って感じじゃないわなあ」

土屋さんが渋々といった様子で、

「だったら何だ？　どこから出てくる言葉だ？　なあ、久保くん」

「さあ」

「佐原さんは？」

「分かるわけないでしょ」

「水野さんはどう思う？　説、何でもいいから出してよ」

「え？　いや……分かりません」

土屋さんは不満そうに鼻を鳴らした。

嫌な空気を感じて、わたしは慌てて答える。

「あの、あの、討伐って、みんなでやっつけようってことですよね。悪いやつ、悪い……勢力を。政治的、軍事的って、そういうことですよね」

「ええ」と久保くん。

「じゃあ、ええと、例えばですけど」

わたしは必死に想像を巡らせて、

「昔々、この森に悪いオバケがいました。で、そいつは近くの村を毎年のように襲って、人を攫《さら》って食べたり、殺したりしていました。困った村人たちがみんなで頑張って、オバケをやっつけ――討伐しました、ってのは、どうですか」

「はあ?」

土屋さんが呆れた様子で言ったが、わたしは止まらない。

「あの木はその時に作られたんです。おまじないかもしれないし、本当にあれで倒したのかもしれない。どっちにしても、あの木は効いたんです。そしてオバケはこう、村人に抑え付けられたっていうか、何て言うんでしたっけ、支配じゃなくて」

「制圧?」と久保くん。

「それ。で、それから……あの太刀川さんのノートの話になる」

「ん?」

土屋さんが訊く。

「あれです、『ひのたま教』のキヨが村人に与えた薬って、オバケから教わったとかじゃないですかね。あれ読んで、気になったんです。子供は親から引き離されてる。キヨが子供をどう治療したのか、誰も見ていないって」

自分のぼんやりした疑問が、自分の言葉ではっきりした形を取る。そうだ、あのノートでわたしは疑問に思った。ただのメモ書きだから何ともいえないけれど、読んでいて引っかかったのは事実だ。太刀川さんはどうだったのだろう。

「たしかに」

久保くんが言った。「それで?」と彼もまた、わたしの適当な説に興味を示し始めたらしい。わたしはまた頑張って頭を捻《ひね》って、答えた。

「キヨは、昔のオバケ討伐のことを知っていた。知ってるのはキヨだけだった。『ひのたま教』ができた時に代表の続木って人は、それをそのまま取り入れた。Tになっても受け継がれた。でも意味はだんだん変わっていって……社員教育になった」

「教育ねえ」と佐原さん。

「どうなんでしょうねえ」と久保くん。

その反応を見て、わたしは今更のように恥ずかしくなった。何を言っているのだろう。急かされた気がしてつい突っ走ってしまった。仮説だからといって妄想を垂れ流しすぎた。馬鹿だ。誰もわたしにこうすることなど望んでいないのに。

「オバケねえ」くすくす笑いながら土屋さんが言った。「オレより荒唐無稽だな。で、そのオバケはどうなったの? 討伐されてメデタシメデタシ、じゃないんだよね? キヨは特効薬を教えてもらってるわけだし」

「いえ……適当ですよ。適当」

すっかり気持ちが萎《しぼ》んでしまい、もう何も思い付かない。土屋さんはますます嬉しそうに、楽しそうに、

「ってことは、まだオバケの生き残りがいたりしてな」

と言った。

瞬間、悪寒が背中を撫でた。自分の言葉と記憶が頭の中を駆け巡る。

オバケ。生き残り。

討伐。村人。

殺された太刀川さん。

かつてこの森であったこと。

ひのたま教。T。

殺された太刀川さん。

研修。逃げ出したわたしたち。

あの大きな木。

吊り下がった刃物。

研修室の、作り物の木。

吊り下がった鉄の棒。

動かなくなったマサキさん。

ラップで巻かれた死体。

殺された太刀川さん。

その首。

真っ赤な血。

一瞬だけ見えた何か。

「おい、どうした」

土屋さんの声がした。いつの間にかすぐ目の前にいて、わたしを覗き込んでいる。

みんな立ち止まっていた。わたしが歩くのを止めたせいらしい。「何でもないです」と答えようとしたけれど、できなかった。足が竦んでいた。身体が震えていた。

森に——木々の向こうの暗がりに、目を向けることができなくなっていた。

「大丈夫？」

佐原さんが訊く。「まさか、オバケがいるとか言ってるうちに自分で怖くなってきたとか？」

そのとおりだ。馬鹿らしい。もらいゲロと同じくらい馬鹿げている。

でも、そう思うだけの根拠があった。わたしだけ見ていた。

今も顔を上げれば見てしまいそうだ。木の陰に。茂みの奥に。

「もう、何なのよ」

佐原さんが言う。彼女が歩くとガサッと草が鳴り、それだけでわたしは竦み上がる。これは佐原さんの足音だと頭では分かっているのに。

冷や汗が全身を流れていた。そのくせ口と喉はカラカラに渇いていた。唾さえ湧かない。

「あんたが焚き付けるからだよ社長」

「何で俺のせいになるんだよ」

「まあまあ。少し休んでもいいですよ。むしろそうしましょう」

三人の声が聞こえる。わたしはぼんやり草むらを眺めながらそれを聞いている。

「そうは言ってもなあ。早く出たい気持ちはあるし」

「とはいえ彼女を置き去りにするわけには」

「じゃあ抱えていくか？」

「いや、それはちょっと」

「ハッ、だろうな。そう言うだろうと思ったよ。どうせ――」

土屋さんが言い終わる前に黙った。

しばらく沈黙が続いた。わたしは気になって、少しだけ顔を上げる。

彼は象のように両耳に手を当てていた。ゆっくり身体を回転させ、やがて遠くを――刃物の木の少し右側を指差す。

「あっちの方から音がする」

「何の音です」久保くんが訊ねた。

「ガッカリさせるとよくないから、聞いたままを言うわ……チョロチョロとか、チョボチョボみたいな音」

佐原さんが生唾を飲むのが、喉の動きで分かった。

わたしも喉の渇きにいよいよ耐えられなくなっていた。ペットボトルからちびちび回し飲みするだけでは、この渇きは癒やされない。絶対に足りない。

土屋さんが歩き出した。

草を、地面を踏む音までも、妙に勇ましく聞こえた。明らかにさっきまでより早足になっている。

「歩けます？」

心配そうに言う久保くんの顔を見て、わたしは「大丈夫」と答え、土屋さんの後に続いた。前ばかり見ている土屋さんの代わりに、周囲の様子を窺う。久保くんもわたしも、佐原さんも。言葉を交わさなくても、そんな連携ができていた。恐怖で縮こまった心は、いくらか落ち着きを取り戻していた。大事なことを思い出していた。

生きなければ。

せっかくあそこから逃げ出せたのだ。とりあえず今を生き延びなければ。

木の間を抜け、茂みを踏み分け、しばらく歩いた頃。

「川だ」

土屋さんが言った。次の瞬間に駆け出した。

目を凝らしながら追いかける。次第に見えてくる。川だ。右手が川上、左手が川下。小さな、小さな川がある。ゆるやかな流れの、土屋さんなら一跳びで越えられそうな川が。頼りなげなせせらぎが耳に心地よかった。

土屋さんが川岸に跪いた、まさにその時。

「待って！　ストップ！」

久保くんが叫んだ。

「そのまま飲んじゃ駄目です。濾過《ろか》しないと」

「顔を洗うくらいはいいだろ」

「まあ、それくらいなら」

チッ、と土屋さんは舌打ちして、両手で水を掬った。バシャバシャと大袈裟な音を立てて、顔を洗う。

水が飛んでこない間合いを取って、わたしは川に目を向けた。

川底の石がくっきりと見える。つまり澄んでいる。屈折しているからはっきりとは分からないけれど、深さはわたしの膝までくらいだろうか。

覗き込んだけれど魚はいなかった。汚い川に生えている、どろどろした感じの藻《も》もないし、気になるものも浮いていない。

久保くんがリュックを下ろした。太刀川さんのものだ。中から取り出したのは空のペットボトルと、綿らしきもの。彼は川に手を突っ込んで、小石を拾い上げた。

「濾過しましょう。ベストとは言い難いけれど」

「どれだけ時間かかるんだよ」

顔を濡らしたままで土屋さんが言う。

「煮沸《しゃふつ》よりはマシですよ。ここで木切れを擦り合わせて火を熾《おこ》しますか？　原始人みたいに」

「うう、くそ」

「僕だって飲みたくて仕方ないし、もっと言うと飛び込みたいくらいです。汗が気持ち悪くて仕方ない」

「やれば？　そっち、川下でやってくれる分には誰も文句言わないよ」

佐原さんが言い終えるなり、土屋さんの隣にしゃがんで顔を洗い始める。久保くんは躊躇っていたけれど、いきなり靴と靴下を脱ぎ捨てた。ジャージのズボンの裾を思い切り捲《まく》って、ばしゃんと水飛沫《しぶき》を上げて川に足を踏み入れる。「くあぁ」と喘《あえ》ぎ声のような声を上げて、立ったまま身体をくねらせる。冷たいのだろう。気持ちがいいのだろう。

わたしも水を浴びたくなった。顔だけ足だけと言わず、全身に。土屋さんが唇を舐《な》めていた。佐原さんも同じことをしている。ちょっとくらいならと川の水を飲んでいるのか。

わたしは腕を捲った。川の流れに両手を突っ込み、乱暴に洗う。冷たさが皮膚をチクチクと刺し、痛みさえ覚えるほどだった。それがむしろ心地よかった。身体にへばり付いた悪いものが、剝がれ落ちていく気がした。

顔を洗おうとして、わたしは気付いた。視界の隅に場違いな色が見える。

川上にオレンジ色の何かがあった。

半分は水に浸され、半分は岸に出ている。横たわっているのか。羊歯の葉に隠れているから分かりにくいのだ。今の今まで見えなかったのか。

わたしはほとんど無意識に、それに近付いた。中腰でふらふらと、吸い寄せられるように。濡れた手で羊歯の葉をどける。オレンジ色の何かがはっきりと見える。

パーカだった。

穴だらけで、茶色い染みがあちこちに付着している。

グレーの長ズボンを穿《は》いていた。こちらもあちこちが裂けていて、茶色く汚れている。トレッキングシューズはパーカと同じオレンジ色だった。それが水の中で揺れて見える。

やけに平たい。ぺしゃんこだ。仰向けに倒れている。両足——下半身は川に沈み、上半身は岸に

出ている。万歳するように投げ出された両腕。その袖からは黄ばんだ手の骨が覗いていた。そして──

首がなかった。

女の人らしき、首無しの白骨死体が、川に半分沈んでいた。

「うわ!」

わたしは子供みたいに叫んだ。尻餅をついた。途端に手を濡らす水が不快に感じられた。

死体を浸した水。死体を腐らせ、溶かし、肉をこそげ取った水。とっくに川下に流されていると頭で分かっていても、不快感は全く消えない。むしろますます強く激しくなっている。痒《かゆ》みや粘り気まで感じる。

「うげえぇっ!」

遅れて死体に気付いた土屋さんが、激しく嘔吐いた。

佐原さんは真っ青な顔でゴシゴシと口を拭う。久保くんが勢いよく川から上がり、岸を転げ回った。

涙で滲む目を拭って、わたしは死体を見た。服はだいぶ色褪《いろあ》せている。長ズボンはあちこちに穴が開いている。服の汚れはどうやら血らしい。

においは全くしなかった。嗅げるのは水のにおいと草のにおい。そして自分の冷や汗のにおいだけ。

古い。

骨になっているから当たり前だけど、この死体は古い。

ゲホゲホ咳き込みながら、土屋さんが言った。

「斬首の……森……」

涎だか胃液だかを葉っぱに垂らしながら、

「この森に入ったら、首を斬られるってことか……斬るヤツが住んでるってことか……?」

と、苦しそうに言う。

「それが、太刀川さんのノートの、ひのたま教にも、絡んで」

「何なのそれ!」

佐原さんが喚《わめ》いた。

「さっき鮎実ちゃんが言ってたオバケってこと? 人の首を斬って殺すオバケがいるの? 無茶苦茶じゃんか。一番有り得ないじゃんか」

「だったらこれは何なんだよ。この死体は!」

土屋さんが充血した目で言った。

確かにそうだ。わたしは思った。

この死体はおそらく登山客だろう。この森に踏み入って、そして……首を斬られた。太刀川さんと同じように。偶然とは思えない。単なる偶然とは。

「そうとは限りませんよ」

久保くんが引き攣《つ》った顔で言った。

「首を斬られたかどうかなんて、死体だけ見ても分からない。それにこの状況です。首だけ転がっていった可能性もある。あるいは首だけ動物が持ち去ったか……」

尻すぼみになって、途絶える。

自分の言葉を少しも信じられなくなっているのが、それで分かった。途方に暮れた表情で、わたしたちを見つめている。

目が合った。そこで思い出した。

わたしと土屋さんは、妙な影を見ている。人か獣かも分からない、異様な影を。

この森には、何かがいる。

無意識に耳を澄ましていた。

チョロチョロと小川の流れる音だけが、辺りに響いていた。

遠くで風が吹いたのだろう。サラサラと木の葉が揺れる音もする。ガサガサと。ザクザクと。規則正しく、少しずつ近付いてくる。

風なんかではない。足音だ。

こちらに向かってくる。

真っ先に身構えたのは土屋さんだった。げっそりした顔を音のする方へ向け、木の枝を拾い上げる。

佐原さんが腰を浮かせた。久保くんが靴を履き終える。

木々の間で茂みが揺れた。

奥から現れたのは、ショートカットの女性だった。

年はわたしと一緒か、少し若いくらいだろうか。ぶかぶかのTのジャージを、袖と裾を捲って着ている。リュックを背負い、大きな木の枝を手にしている。少しやつれているけれど、表情にはどこか余裕があった。わたしたちと目が合うなり早足になる。

「よかった。追い付いた」

軽く息を切らして、彼女は言った。

「合宿にいました、八代鼓麻《やしろこま》って言います。名字が名字だから、ずっとアキちゃんて呼ばれてました」

アキちゃん。

いたような気もするし、いなかったような気もする。

みんなと顔を見合わせる。誰もが一様に首を傾げている。

「……ごめん、よく覚えてない」

佐原さんが返した。

八代さんは残念そうに、でもどこか納得した顔で「ああ、ですよね」と言った。

「あそこでは気配消してたんです。別にわざとそうしてたんじゃなくて、ああいう大勢で一つの目標に向かって、みたいな集まりに加わると、自動的にそう振る舞っちゃうんですよね。学校で生き抜くために纏《まと》うようになった殻っていうか、鎧《よろい》っていうか」

分からなくもない。

「で、これくらいの人数だと、こういうキャラになります」

自分の口元を指差す。

「怪しいですよね。でも信じてください。ほら、同じジャージ着てるし、歩き続けて疲れてるし、あと雰囲気とかで、ああ、合宿にいた人だな、火事の騒ぎに乗じて逃げてきたんだなと思ってもらえれば」

ぎこちなく微笑《ほほえ》む。途端に一気に若返って見える。思ったより年下なのかもしれない。

「音を頼りに追いかけて来ました。熊とかじゃなくてよかった。あっ」

わたしたちの後ろにある川に気付く。

「川、あったんですね。よかった、いろいろ盗んできて」

「盗んできた?」と土屋さん。

「はい」

彼女はリュックを背中から下ろすと、中から何やら取り出した。緑色の丸っこい缶と、金属の器具だ。小鍋もある。

「ガス缶とバーナーと鍋です。これで水、煮沸できますよ。とりあえず水分、補給しましょう」

どこか楽しげに言う彼女に、わたしたちは何も答えられなかった。

取材Ⅲ

「……さん」

遠くから声がした。

「小田さん、小田さん」

水野鮎実が自分を呼んでいるのが分かって、小田は顔を上げた。

彼女は不思議そうにこちらを覗き込んでいた。

「あのう、どうかされましたか」

「いや、何でもないです。ちょっと驚いたもので」

「驚いた？」

「ええ」

それだけ答えて、缶コーヒーを空にする。缶を開けた当初はまだ冷たかったが、すっかり生温くなっていた。

「まさかここで白骨死体が出てきて、おまけにメンバーが増えるとは思いませんでした。それも、とびっきり怪しいやつが」

「そうですね。ふふ」

鮎実は力なく笑う。すぐにその顔が不安に引き攣る。

「あの、それってひょっとしてアレですかね、作り話っぽくて、わたしにその、きょ、虚言癖があるって、疑ってるとか……？」

「それはないです。ご安心ください」

急いで否定するが、つい早口になってしまう。

「でも、驚いたってそういうことですよね」

鮎実は悲しげに俯く。

「自分でも思います。嘘みたいだって。信じてもらえないだろうなって。だからあの森を抜け出してから、誰にも言ってなかったんです。も、もちろん、どこにTの人がいるか分からないからってのもありましたけど。わたしが脱走したやつだってバレるのがイヤだったから」

「たしかに――」

小田は言葉を差し挟む。「たしかにフィクションめいている部分もあります。ですがその点をもって、水野さんの証言を嘘だと切り捨てるつもりはありません。まあ、意図的な虚偽、作り話でないとしても、事実と異なる部分は絶対にあるでしょう。誤解だったり、きわめて主観的な印象だったり。ですが、自分の中では信憑性《しんぴょうせい》が上がっている」

「何でですか？」

鮎実は訊ねた。「ごめんなさい。この流れで、それもわたしが言うのも変なんですけど、何で上がるんですか？　どうしてわたしの、こんな訳の分からない話を信じてくださるんですか？」

小田は一瞬迷ったが、答えた。

「ワカチタさんと面識があるからです」

「わか、ち……太刀川さんのこと？」

鮎実が目を見開いた。小田は頷いて返す。

ライターを中心に大抵の仕事を受ける便利屋、ワカチタとは何度か顔を合わせたことがあった。某週刊誌の名物編集長の送別会。突然死したライターの葬儀。今では見る影もないほど零落した中堅サブカル出版社が、まだ羽振りがよかった頃に有名シティホテルの宴会場で開いた忘年会――

ワカチタは常にニヤニヤしている、浅黒い肌の男だった。その見た目も含め、この世界の片隅にいつの間にか居つき、いつの間にか消える、大勢のうちの一人に過ぎなかった。同じ中学の、三つ上の先輩だと分かるまでは。

「へえ、奇遇ですねえ」

ワカチタの声を思い出した。

何の集まりだったかすっかり忘れたが、そこそこ大きな規模の酒宴でのことだ。当たり障りのない会話から出身地の話になり、そこで発覚した。

「にしては小田さん、全然訛《なま》らないじゃないですか。てっきり東京の方かと思っていましたよ」

敬語を崩さずワカチタは言った。小田より頭一つ分背の低い小男だった。

「そういうワカチタさんも標準語ですよ」

「まあ、〝おもんないヤツ〟扱いされてましたから。そういうヤツって、えてして訛りを捨てがちじゃないですか」

「ですね」

「まあ、何かあったら使ってやってください。何でもやりますよ。河川敷のテントに住んでるホームレスの飼い犬捕まえて殴り殺して調理して、豚肉だって嘘吐いて飼い主に食わせる以外は」

ゼロ年代の半ばにワカチタが受けた、その筋では最も有名で最も悪趣味な仕事の一つだった。掲載された雑誌は即座に休刊という名の廃刊になった。SNSが普及した今なら騒ぎはもっと広まり、彼はライター生命を断たれていただろう。

「自分も使われる側ですよ」

小田は答えた。そこから先は思い出せない。再び顔を合わせること、メールなどを遣り取りすることもなかった。だが、不思議と彼の噂が耳に届くようになった。「最近出した著作が好調である」といった良い噂も、編集者とトラブルになったという悪い噂も、困窮しているという悲しい噂も。

自分と似た点を感じ取っていたのかもしれない。親近感、と言ってしまえば陳腐だが、通じるものはあった。具体的にどこが通じているかは今も分からないが。

自分とワカチタとの関係を大まかに説明して、小田は言った。

「人伝《ひとづて》に聞いた話ですが……ワカチタさんは潜入取材に行ったきり、連絡が付かなくなったそうです。トンズラだろうと専らの噂でした」

「トンズラ」

「逃げたってことです。取材に失敗し、編集者に合わせる顔がなくて逃亡したんだろう、と。ライターとしても廃業寸前だったから抵抗なんてなかった、だからきっとそうに違いない、とね。たしか噂を聞いたのは一年半ほど前だ。水野さん、あなたの話と符合する」

鮎実は黙って小田を見返していたが、やがてコクコクと頷いた。

「偶然、繫がったってことですね」

「ええ。意図しないところで補強された」

ワカチタは殺された。それも首を斬られて。

事実なら凄惨の一言だが、不思議と安堵してもいた。ワカチタはトンズラなどしていない。そんなことをする人間ではない。殺人や死体遺棄に加担したかもしれないが、同時に鮎実らの命を救ってもいる。そう分かったからだ。

いや、待て。落ち着け。

先走りする思考を小田は懸命に押し止《とど》めた。

都合のいい「事実」を捏造《ねつぞう》するな。今の時点では何も確定してはいない。今しがた自分で言葉にしたとおり、鮎実の証言が補強されただけだ。信憑性は上がったが、それ以上でもそれ以下でもない。自分に言い聞かせていると、不意に鮎実が表情を曇らせた。もぞもぞと身をくねらせる。

「ごめんなさい。お手洗い、いいですか」

「もちろん」

済まなそうな顔をする鮎実とともに、小田は会議室を出た。トイレの前まで案内して別れ、裏庭の一角にある喫煙スペースに足を向ける。

喫煙スペースで煙草を吸っているうちに、昂《たかぶ》った感情は少しずつ落ち着いていった。進むべき道筋が見えていた。簡単なことだ。今は鮎実の話を可能な限り多く、詳しく聞き出す。それだけだ。それ以上を望んではいけない。事実確認はその後で全く問題ない。

ついさっきの鮎実のことを思い出していた。

心細そうに廊下を歩いていた。背中を必要以上に丸めていた。小田の視線に気付いて、慌てて背筋を伸ばす。目の高さは小田とほとんど同じだった。「すみません、緊張しちゃって」と例のヘラヘラした笑みを浮かべる。その全ての仕草が儚く、頼りなく感じられた。

小田は煙草を四角いスタンド型の灰皿に押し付け、念入りに揉《も》み消した。

頭に浮かんだ贅沢な願望を、吸い殻と一緒に捨てる。

「今ここで、鮎実以外の誰かからも話を聞ければ」という願望を。

傍証I

厨房の壁と天井が真っ黒に焦げていた。

明らかに有害な臭気が、辺りに立ち込めている。マスク越しでも鼻はおろか喉まで痛み、吐き気が込み上げる。

水と消火剤で濡れた床で足が滑らないよう、天本《あまもと》は慎重に歩いていた。

冷蔵庫や調理器具こそ揃えたが、厨房は当初から無用の長物だった。研修中でもほとんど使わないからだ。参加者にはまともな食事など必要ないし、Tの人間もインスタント食品か、冷凍食品で済ませている。

部屋の隅に黒焦げの電子レンジが転がっていた。ほとんど炭化し、そうでないところは溶け、触れれば崩れてしまいそうだった。

確かめるまでもなく火元は電子レンジだった。中に金属のボウルと泡立て器を突っ込んで、長時間温めたことによる発火。

つまり放火だ。

火は消し止められたが、参加者の四人が死に、五人が重傷を負った。残り二十人はひとまず、焼けなかった部屋に閉じ込めてある。

そして——

「部長」

廊下から呼びかけられ、天本は振り向いた。部下の一人だった。強張《こわば》った表情で言う。

「代表がお戻りです」

「どういうことだ？　明日では？」

「ええ、自分も最初にお電話した際、確かにそう聞きました」

「で？」

「いえ……すみません、それ以上のことは分かりません」

「仕方ない。どこだ」

「研修室です」

やれやれ、と小声で零すと、天本は厨房を出た。自分用の部屋でジャージからスーツに着替え、研修室に向かう。

廊下で何人もの部下とすれ違い、うち何人かとは言葉を交わし、天本は研修室の前で足を止めた。両開きの重い扉をノックする。

「天本です」

「どうぞ」

中から返事があった。天本は冷たく重い扉を開ける。

畳敷きの、窓のない広い部屋だった。参加者を長時間閉じ込めて追い詰めるための「洗脳部屋」。あるいは「改造実験室」。そんな風に冗談めかして呼ぶ部下もいる。奥に聳え立つモニュメントもそうした呼称にふさわしい。

漠然と樹木を模した、いかなる木にも似ていない造形。幹も枝も葉もあちこち汚れ、塗装が剝がれている。全ての枝から紐が下がっていて、その先端には鉄棒が結わえつけられている。見慣れてはいるが、客観的には不恰好で異様な代物だった。

その前に、痩せた長身の男が立っていた。ぶら下がった鉄棒のうち一本を右手で摑んで、天本に背中を向けている。

「斬首の木……」

男が言う。

この造形物のことを、男は以前からずっとそう呼んでいた。

「討伐のための木」

使い方も男が天本以下、社員たちに教えたものだ。

男がゆっくりと振り向いた。黒いハイネックのセーターに、黒いスラックス。ブレスレットも指輪も金。眼鏡のフレームも金色で、蛇か蚯蚓《みみず》のようにのたくっている。

株式会社Tの代表、続木宣治だった。

天本は頭を下げた。

「わざわざご足労いただきありがとうございます」

「放火だって？」

続木は挨拶もなしに、嗄《しやが》れた声で訊ねる。いつものことだ。いちいち戸惑っていては保《も》たない。

天本は冷静に答える。

「はい」

「犯人は？」

「分かりません」

「外部には漏れた？」

「いえ。今のところ世間に気付かれた様子はありません。警察も消防も来ていませんし……」

「最近はね」続木はわざとらしい間を取って、「SNSにも注意を払わないといけない。誰かが写真や動画を上げたら一瞬で拡散され、おまけに場所まで特定される。その辺りの確認は？」

「ええ」

天本は答えた。スマートフォンを掲げて、

「鎮火してすぐ下の者に確認させましたし、その後は自分がこまめにチェックしています。今のところそれらしい投稿は上がっていません。画像も、映像も」

「そっちは大丈夫とみていい、というわけか」

「あまり悲観的にならなくてもいいかと存じます」

「じゃあ、脱走者は？」

続木は足音を立てず、天本に近付く。

派手な眼鏡の奥の、大きな目で天本を見つめる。鉄棒を両手で弄《もてあそ》んでいる。

「います。まだ、見付かっておりません」

「ほう」

続木の大きな目が更に大きく見開かれた。口角が上がり、白い歯が見え、痩せた歯茎も露わになる。

「……うち三人は、死体を埋めた人間です。レクチャー中に死んだ参加者の死体を」

「ほうほうほう。それが見付かっていないと」

深い湖のような目で天本を見て、楽しそうに言う。

天本は竦み上がった。

「逃げたのは全部で何人？」

「………」

「何人ですか？」

顔を近付ける。天本は答えた。

「い、五人です」

続木の目が怪しく輝いた。

第三章

一

バーナーと小さな鍋で煮沸した水を空のペットボトルに入れ、川の水で冷まして飲む。思う存分とまでは行かないけれど、喉の渇きは治まった。

「鼓麻って呼んでください」

「わたしはいいんで。皆さん飲んでください」

「いやあ、よかったです。一人じゃほんと心細くて」

「へえ、この実、食べられるんですね。うん、イケるイケる」

彼女は——鼓麻は快活だった。常に笑みを絶やさず、川の水を汲《く》んだり、木の実を食べたりしていた。その顔、その声、仕草、振る舞い、やっぱり一つも記憶にない。

怪しい。

けれどもちろん、そんなことは本人には言えなかった。わたしは久保くんと目を合わせるくらいしかできず、久保くんはそれと分からないくらい小さく、肩を竦めただけだった。

「ふう」

満足げに佐原さんが口を拭った。表情は少し落ち着いていたけれど、視線だけはさりげなく、少し離れたところに座る鼓麻に向けられている。

　鼓麻は土屋さんから、ここに至るまでの経緯を聞いていた。太刀川さんが殺されたこと、首を斬られたことについてはとても驚いていたが、どこかわざとらしく見えた。

「……で、『逃げろ』って俺が言って、全員が小屋から下りて、そしたらメキメキって木と支柱が倒れてさ」

「危なかったですね」

「いやほんと、マジで危なかったよ。そんで小屋から皆を離れさせて。じゃあ移動しよう、その前に使えるもん確保しようって俺がまとめて。で、とりあえず山頂に向かおうとしたけど、ここ平坦だろ。だから川を探したんだ」

「あ、川下に向かえば山を下りられるから」

「違う違う、それ初心者がやる致命的なミスだから。滝とか出て詰むよ。太刀川さんが最初は川下だって言ってたんだけど、もし昨日の段階で川を見付けてたら、俺たちヤバかったかもしれない」

「ああー」

「それか、もし太刀川さんが今も生きてたら、共倒れに……」

　得意げに語る土屋さんを見ながら、佐原さんが口の端だけで笑っていた。久保くんは複雑な表情をしている。

「で、ここを見付けた時に、みんな我先に水を飲もうとしたんだけど俺が止めて。そんなの危ないに決まってるからね」

「すごい」

「そしたら鮎実ちゃんが死体を見付けたんだ」

わたしは頷いておいた。

土屋さんが調子のいい、若い女の子の前で恰好を付ける人だと分かったけれど、特に腹は立たなかった。むしろ滑稽《こっけい》で馬鹿馬鹿しくて笑えてくる。呆れてしまう。

こんなに怪しい子を前に、何をしているんだろう、と。

白骨死体を見ても鼓麻は驚かなかった。首の辺りを覗き込んだりもした。躊躇《ちゅうちょ》する素振りを見せつつも、手の骨にも顔を近付ける。

「あ、結婚してる」

左手の薬指の骨に、石の入っていないシンプルな指輪が嵌《は》まっていた。

「何なんでしょうね、この死体」

彼女は首を傾げる。平然としすぎている、と感じた。土屋さんも同じらしく、表情に不信感が出ていた。相槌も「ああ、うん」と引き気味だった。

「あんまりビビんないんだね」

佐原さんが率直に訊ねた。

鼓麻はきょとんとした表情で、更に大きく首を傾げた。

「え、だってもっと酷いの、見てきたばっかじゃないですか。みんなで追い詰めて、泣かせて、謝ってんのに暴力振るって。酷かったですよねえ、あの紫色の顔。白目剝いてたし」

わたしと佐原さんを涼しげに見遣《みや》る。

「で、殺して、死体を埋めて」

わたしの胸がきゅっと、音が聞こえそうなほど痛んだ。

佐原さんが険しい顔で「なに、喧嘩《けんか》売ってるの?」と訊ねた。

「とんでもない。埋めたのはそこのお二人と、あとシンスケさんも入れて三人だけど、わたしも同罪じゃないですか。それがアリだと思って見てたわけだし。あ、今はもちろん悪いと思ってますよ」

あっけらかんと言う。

「法律のことはよく分かりませんけど、自首したら罪が軽くなるっぽいですよ。だから逃げる、ここを出る、警察に行く。それが一番いいのかなーって。え、皆さんそう思って逃げたんじゃないんですか?」

「まあなあ」

土屋さんが苦笑しながら腕を組んだ。

打算的というのか、ドライというのか。どちらにしろ、鼓麻は不自然に思えた。全部が怪しい。

「行きましょうよ」

鼓麻はいつの間にか、バーナーとガス缶を仕舞っていた。

「川上ですよね。暗くなる前に……」

「待って待って」

土屋さんが立ち上がった。

「まだ佐原さんも、鮎実ちゃんも疲れてんじゃゃん。見て分かんない?」

「はあ、すみません」

腰を浮かしかけた鼓麻が、再びしゃがむ。首のない、既婚女性らしい白骨死体に目を向け、

「じゃあ、休憩時間使って、埋めてあげましょうか、この人。どう思います、鮎実さん？」

唐突にわたしに訊く。

わたしは戸惑いながら、正直に答えた。

「……ごめん、そんな発想、全然なかった。太刀川さんだって、そのままにしてきた」

「え、放置ですか」

「うん。胴体もないし」

「ああ、でしたね。太刀川さんは首だけ、こっちの人妻さんは胴体だけ」

鼓麻はしゃがんだまま死体に近付き、

「可哀想に」

と言った。

ずっと座っているのに、わたしは平衡感覚を失いかけていた。手を突いて耐える。

合宿所の、異常な世界から逃げてきた。でも、この森も異常で、そこを彷徨《さまよ》っているわたしたちも異常だ。野晒《のざら》しの亡骸《なきがら》を放っておくのは不憫《ふびん》だ、可哀想だ——そんな普通の感覚すら、どこかへ消えてしまった。

「わたしならもう大丈夫だよ」

佐原さんが立ち上がった。パンパンとジャージの土や草を払う。

「よし、行こう」

土屋さんが木の枝を振り上げて言った。

二

川上へ歩いていると少しずつ、傾斜を感じるようになった。わたしたちは間違いなく登っている。助かるルートを選んでいる。森はずっと薄暗いけれど、ほんの少しだけ光が差したような気がした。

先頭は土屋さんで、すぐ後ろを鼓麻が歩いている。二人でずっと雑談をしている。わたしと佐原さんはその後をほぼ横並びで、最後尾は久保くん。

いつの間にか、鼓麻は自分の話をしていた。相槌を打つのは土屋さんに任せて、わたしは黙って耳を傾けていた。

二十一歳、元大学生。

彼氏と入ったイタリアンバルで居合わせたお客さんと意気投合し、店に通うようになった。就職活動が上手く行かず、腐っていた最中のことだ。もちろんバルはTの経営だったが、そもそも彼氏がTの人間だった可能性が高いと言う。同じ学校で同じ学年、ただし学部は別。

「それがどうも嘘っぽかったんですよね。業務委託されてからも付き合ってたんですけど、親の都合で急に海外に引っ越すとか言って、それから音信不通になった」

「ああ、それは確定だな」

土屋さんが言った。

内定が貰えるから、という理由で、鼓麻は合宿に参加した。

たしかに合宿には若い、二十歳そこそこの男女もいた。なるほど、学生はそうやって捕まえてくるのかと納得もできる。でも。

何度か休憩を取って、野草と木の実とエナジーT、それから水で胃袋を満たした。わたしは無理して流し込んだけれど、佐原さんはたくさん食べていた。ストレスが溜まると食事で発散するタイプらしい。

久保くんは今までと変わらなかったけれど、鼓麻を警戒しているのは視線で分かった。

川辺の石が次第に大きくなった。岩と呼んだ方がいいくらい大きなものも目立ち始めた。協力して乗り越える。太腿《ふともも》が痛みを覚えた頃、土屋さんが「おっ」と声を上げた。

「まじかよ」

溜息交じりに言う。

前方に白いものが見えた。水飛沫だ。

滝だった。
五、六メートルはある滝が、わたしたちの前に立ちはだかっていた。
今の今まで滝の音が聞こえなかったのが不思議なほどだった。

鼓麻が言う。

「まあ、回り込んでいけば全然……」

「違うんだ。俺が言ってるのは滝じゃなくて、アレだ」

土屋さんが対岸を指差す。

一抱えほどもある大きな岩の上に、見覚えのある服が落ちていた。

Tのジャージだった。

わたしたちが着ているのと同じ、センスのないジャージ。

「久保くん」

目線と手で土屋さんが促す。久保くんは少し躊躇ったけれど、幅の狭くなっているところを飛び越し、対岸に渡った。岩に上って、こわごわジャージを手にする。

「まだ新しい……いや、これは」

久保くんの顔色が変わる。ジャージが汚れているのが見える。赤茶色のシミがべったりと、あちこちに付いている。

「太刀川さんのだ」

露骨に嫌悪の表情を浮かべて、襟の辺りから何かを摘まみ上げる。髪の毛らしい。

「土屋さん。これ、この長さといい、色といい、太刀川さんのじゃないですか」

「俺にはそこまでは分からないな。鮎実ちゃん」

わたしは何とか対岸に渡り、久保くんに引っ張ってもらって岩を上る。

髪はたしかに太刀川さんのもののようだった。

どういうことだろう。

嫌な予感がしていた。

「胴体が……ここに運ばれたってことか?」

久保くんが言った途端、その場に緊張が走った。

煙を吸って倒れた合宿参加者たちは、幸いにも全員が回復した。素人目だが天本が確認した限り、命に別状はなさそうだった。無論、仮にあったとしても知ったことではない。参加者の方でもこちらの責任を問うことはないだろう。

死んだ参加者四人は、動ける参加者に運ばせ、埋めさせた。一度に四つの死体は難儀ではあったが、基本的には今までと同じマニュアルで命令すればいいだけなので、作業が滞ったりはしなかった。

送迎用のバスが来た。初老の運転手が鼻をひくつかせ「焦げ臭い」「山火事か何かか」と顔をしかめたが、天本は「厨房でボヤを出した」と答えるに止《とど》めた。

天本の先導のもと、Tの社員たちは参加者たちをバスに乗せて帰した。

邪魔なだけの人間がいなくなった。天本は合宿所の隣に建っている、社員用の宿泊所に向かう。その二階、実質天本専用になっている個室に引っ込み、煙草を吸う。

カモたちには「毒」「弱さの象徴」「愚かさの証」などと教え込んでいたが、天本は十二の頃から四十の今まで、ずっと煙草を嗜《たしな》んでいた。カモたちににおいで気付かれたことは一度もない。気付いてもカモたちは指摘できないだろう。そんな度胸があればこんな場に来るはずがない。

深夜三時。ここに詰めていた部下からの電話で叩き起こされた。車を飛ばしてやって来て、今の今までぶっ通しで対応に当たった。死体を埋める時は指揮に当たった。

それだけのことで疲れていた。

目の裏側に泥でも詰まっているかのような違和感があり、身体の節々が痛い。おまけに煙草が信じられないほど不味い。堪《たま》らず灰皿に押し付けて消すが、すぐまた新しいものを咥《くわ》え、火を点《つ》ける。若い頃は薬に頼ることもなく一週間は徹夜できたのに、今は自分でも呆れるほど疲労困憊《ひろうこんぱい》している。だが帰るわけにはいかない。

スマートフォンが鳴った。部下からだった。

「どうした」

「すみません、脱走者なんですが、全然見付からなくて」

「捜せ」

「……あの、そろそろ暗くなってきたので、一旦戻ってもいいですか。懐中電灯とか持って、また捜しに出ますんで」

「ああ。まあいいだろう」

「天本さん」

「何だ」

「ひょっとしてあいつら、森の方に行ったのかもしれません。立入禁止にされてるエリア」

「そうか……」

この辺りの山々は続木のもので、彼によって入ることを禁じられている区域があった。Tの人間ですら駄目なのだという。二つ隣の山の中腹だったか、三つ隣だったか。それともその二つの山の間、つまり谷だったか。いずれにせよ、森のある平坦な土地だと聞いていた。

「入って捜しても構わないだろう。戻って準備したら森に行け」

「いえ、ですが」

「有害なものの危険なものがあるわけじゃあない。捜せ。いいな」

「ですが」

「お前はどっち側だ？」

少しの間があった。天本の頭に浮かんだのは、カモには常に尊大なくせに、自分や続木の前では縮こまる、部下の細い眉と小さな目だった。

「あの……」

部下が言った。

「前に天本さんが仰っていたこと、本当ですよね。うちはアレだって」

天本は紫煙とともに溜息を吐いて、答えた。

「……続木さんには俺の方から許可を取っておく。捜せ」

ハイ、と消え入りそうな返事が、スマートフォンの向こうから聞こえた。乱暴に通話を切る。

アレ。

部下の言葉を思い返していた。

あいつに言うべきではなかったか、と思ったが、疑念そのものはもう何年も、頭と胸の内でくすぶり続けていた。ほとんど確信に近い形にまで醸成されていた。

Tは、おかしい。

続木もおかしい。

自分がまともな人間になれないと気付いたのは何歳の頃だっただろうか。高校入試に向けて勉強をした記憶はあるので、その頃はまだ未来を夢見ていたのかもしれない。

天本は小中のクラスメイト数人のことを思い出していた。多少話が合うというだけでつるんでいた、腐れ縁以下の「仲間」などではない。本当にただ同じ教室で集団生活を共にしただけの同級生。些細《ささい》な縁で言葉を交わし、少しだけ仲良くなり、家に遊びに行った。

あの家。

置いてある家具。漂うにおい。

そこにいる同級生の親、きょうだい。

出される菓子。コップの柄。

同級生とＴＶゲームをしている時、居間や二階から聞こえてくる談笑。

あれが普通の家だと思った。

どれ一つとして自分の家にないものだ、と思い知らされた。

母親にそのことについて話した、ような記憶もある。詰《なじ》ったわけではない。多少は不機嫌だったかもしれないが、ただ問いかけただけだ。だが、そこから先は曖昧だ。思い出そうとする度に、頭に濃い靄《もや》がかかる。鼻の奥にどろりと澱《よど》んだ、血のにおいが籠もる。実際に鼻血は一滴も出ていないのに。

今この瞬間も、天本は血のにおいを嗅いでいた。窓ガラスに反射した己のしかめっ面に気付いて、肩の力を抜く。煙草を何度か深く吸って、血のにおいを洗い流す。

自分に「普通」は手に入らない。

どこで自分は気付いたのか。どこで自分は諦めたのか。ただ、地元に居続けることだけは絶対に嫌で、卒業式にも出ず家を飛び出した。

最初は新宿の、テレクラのバイトだった。

「寮」という名の木造アパートで、ダニに悩まされたことだけは覚えている。何度駆除しても新たに湧き、寝ている間に自分も含めたバイトの皮膚を咬《か》むのだ。その時の傷痕はケロイドのようになって、今も手足に残っている。

その次は風俗店。

その次は未成年キャバクラ。

振り込め詐欺グループに入って、すぐ辞めた。自分の中の理屈も筋道も通っていないが、「間違っている」と思った。

最初にこの手の商売を始めたのは二十六の頃だ。そこそこ名の知れたマルチ商法の企業に勤め、それなりに出世したが、身の危険を感じて辞めた。直後に被害者が大々的に声を上げ、経営者が逮捕。会社は倒産した。

その時に作った人脈と、得た知識がよかったのだろう。天本はマルチ商法やデート商法、情報商材ビジネスの企業を渡り歩き、カモから搾り取れるだけ搾り取った。身の危険を感じればすぐに逃げ、ほとぼりが冷めた頃また似たような仕事に就く。むしろ向こうからお呼びがかかる。

自分から会社を興すことはしなかった。身軽でいたかった。所帯も持たず、特定の相手と長く付き合うこともない。

Tに「転職」したのは五年前のことだった。続木から直接声がかかった。昔から頻繁に企業名を変え、小狡く立ち回っている会社だというのは知っていた。

てっきり古臭いデート商法、霊感商法をしていると思っていたが、入ってみると違っていた。当時から既に現在とほとんど同じシステムで、この合宿所も既に存在していた。

合宿で行う洗脳プログラムは、自己啓発セミナーの常套手段《じょうとう》をほぼそのまま流用したものだった。天本にとっては見慣れたものだったが、例の造形物と「討伐」については全く理解できなかった。続木に訊ねたが彼は決して説明しなかった。ただ「ここではこうするものだ」としか言わなかった。何かを隠しているのは察せられたが、天本はそれ以上突っ込むことはしなかった。

それで何の問題もなかった。全ては上手く行っていた。「討伐」の方法以外の全てを、天本は続木から任されている。信頼されている、と言ってもいいだろう。

業績は上がり、天本の暮らしもよくなった。経済的な面での不満は全くない。部下からも慕われている。辞めるタイミングを探らなければいけないような、きな臭さを感じることも一切ない。

だが。

天本は窓の外に目を向けた。

曇り空ではあったが、太陽が西に傾いているのは分かった。

合宿所が見えた。

続木は今もあそこにいる、らしい。

この土地に何らかの思い入れがあるのは知っていた。森を立入禁止にした理由も、「討伐」と同様に知らされてはいないが、「大事な場所」だと聞いた覚えがある。森はもちろん、この辺りの山々はみんな、自分にとって何物にも代え難い場所なのだ、と。

ならば何故――

続木は煙草を揉み消した。勢いよく立ち上がったつもりだったが、実際はよろよろと、老人のような動きだった。

洗面所で乱暴に顔を洗って、部屋を出た。合宿所に向かう。

続木は先刻と同じく研修室にいた。同じように出入り口に背を向け、中央に突っ立っていた。脱走者について伝える。

「森に逃げた可能性もあるのではないか、と。現場はそう判断しているようですし、私もそこを除外する意味はないと考えます」

「ふむ」

「ですので、森を捜索する許可をいただければと」

「なるほど、なるほど」

続木はこれ以上ないほどの愛想笑いを浮かべて、

「それが狙いだね？　天本さん」

と訊ねた。

「私のやり方や、この合宿所のこと、およびここで行われたことについて、天本さんは疑問を抱くようになった。私に対する不信感も芽生えた。私について調べたくなった。そこで今回の火事と脱走を利用して、森について調べようとしている。違う？　ああ、ひょっとすると、火事と脱走も天本さんが仕組んだことですか？」

天本の背筋に怖気《おぞけ》が走った。

三

大回りして緩い傾斜を上り、滝を越えた。再び川に沿ってしばらく歩くと、また滝にぶつかった。水量は少ないけれど高さは十メートルくらいあって、バシャバシャと軽い音を辺りに響かせていた。辺りがまた暗くなっていた。

太刀川さんのジャージを見付けてから、わたしたちは脇目も振らずに歩いた。休憩も取らず、無駄話もせず、ひたすら上流を目指し続けた。木の枝で叩いたり、石ころをぶつけたりして、大きな音だけは立てるようにしていたけれど。

話す気にはなれなかった。

食べる気にも飲む気にもなれなかった。そんな時間があるなら一刻も早く、この森を出たい。というより――

死にたくない。

殺されたくない。

太刀川さんみたいにはなりたくない。あの登山客みたいにはなりたくない。

そう思っていた。思っていたのに。

ざざざ、と風が木を鳴らした。

久保くんがリュックから、小屋にあった懐中電灯を取り出した。

「おお、でかした久保くん。それで行けるところまで行こう」

「いえ、反対です」

きっぱりと久保くんは答えた。

「ここで休みましょう。消耗が激しい。それに夜は獣が活動する」

「あのな、そんなこと」

「それに遠くからでも、光は見えますよ。こんな何もない森の奥なら、尚更です。追っ手に居場所を教えてやるようなものだ」

「こんなとこでか？　小屋とは訳が違うんだぞ」

「交代で見張ればいい」

「ふん」

鼻を鳴らしたのは佐原さんだった。

「わたし、こん中に人殺しがいる説、取り下げたわけじゃないからね。ていうかむしろ、ほぼ確定くらいの気持ちになってるよ。変なタイミングで一人増えたからね」

「え、わたしのことですか？」

鼓麻がわざとらしく訊いたが、佐原さんは睨み付けただけで答えなかった。代わりにわたしに向かって、

「こんなヤツらと一緒にいられるか、わたしは一人で行く、ってやつだよ。へっ」

「ああ、佐原さんそれ、多分すごくダメなやつ……ふ、フラグっていうか」

佐原さんもわたしも馬鹿みたいだなと思ったけれど、止めないわけにはいかなかった。

「何がおかしいの」と彼女に訊かれて、わたしは自分が引き攣り笑いを浮かべていることに気付く。

久保くんの懐中電灯が、汗に光る佐原さんの頬を照らしていた。彼女は歯を剝いて言った。

「いいじゃん、別にわたしが死んだって、誰も困らないでしょ。そもそも利害関係なんかないじゃん、この面子《メンツ》に。むしろ食料とかが保つ」

「そんなことは、ないです」

わたしは笑みを引っ込め、必死に頭を働かせて、

「今はこう、生き残る率が高い方を選ばないと。それに真っ暗な中を歩くなんて、本当に危険です。自殺行為です」

「そうですよ」と鼓麻。久保くんも「佐原さん、お願いします」と腰を低くして言う。

「ああもう、うるさいうるさい」

佐原さんは蠅《はえ》を払うような仕草をすると、「アホらし。じゃあね。止めないで」と歩き出した。とりあえず滝を迂回《うかい》するらしい。

鼓麻が声をかけようとして、土屋さんに制される。

「いいよ。本人の意志を尊重しよう」

久保くんが途方に暮れた様子で、懐中電灯を彼女の進む方へ向けている。

わたしは佐原さんの背中を見ていた。彼女の歩くペースを。脇腹に当てた手を。

わたしは迷った末に、駆け出した。みんなの視線を感じながら彼女に追い縋《すが》る。手を摑んで立ち止まらせる。

「ちょっ、ちょっと何」

「座って。座ってください」

「は？」

「足、足っ」

上手く言えない。ちょっと走っただけなのに息が切れている。

目を丸くする佐原さんを、わたしは強引に座らせた。三人が追いかけてくるのが、足音と呼吸で分かる。

「どうしたんですか」

「何があったの？」

鼓麻と久保くんが、ほとんど同時に訊ねた。懐中電灯の光に目を細めながら、わたしは答えた。

「佐原さん、怪我してる。多分だけど足」


左足の親指の爪が割れ、たくさん血が出ていた。踵《かかと》はどちらも酷い靴擦れだった。靴下を脱がせた瞬間、わたしと鼓麻が「うわ」と声を上げてしまうほど真っ赤に剝けていた。

「どうして、こんな……」

「わたしの靴じゃないもん、これ」

彼女は辛そうに言った。

火事の時は慌てていて、逃げるのに夢中で、悠長に自分の靴を捜す余裕などなかったという。自分の靴を手に入れたわたしは幸運だった。久保くんも幸運だった。土屋さんは他人の靴を履いていたが全く問題ないという。彼も彼で幸運だった。

とりあえず煮沸した川の水で佐原さんの足を洗い、鼓麻のリュックに入っていたタオルで拭く。後は安静にするくらいしか、できそうなことは思い付かなかった。

滝壺《たきつぼ》の岸辺で項垂《うなだ》れている佐原さんに、久保くんが声をかけた。

「こんなになるまで、どうして黙ってたんですか」

佐原さんは答えなかった。

すぐ側に鼓麻がしゃがみ込む。優しげな微笑を投げかけて、

「迷惑かけたくなかった、ってことですよね、佐原さん。わたしたちの足手まといになるのがイヤだった」

答えない。絵に描いたようにプイとそっぽを向く。

「分かりますよ。人の世話になりたくないんですよね。自立してるんじゃなくて、自立してるキャラ、強い人キャラでやってるから弱みを見せられない。あ、強いおばさんキャラか」

「鼓麻ちゃん」

土屋さんが窘《たしな》めるが、彼女はなおも続ける。

「強がったってしょうがないですよ、だってみんな、あんな連中のカモにされて、おまけに暴力とか人殺しとかに加担したんですよ。ここにいるの、弱い弱い弱〜い人間ばっかじゃないですか。だから助け合わないといけないんです。助けを求めるのは弱みを見せるのとは違いますよ」

佐原さんは答えない。鼓麻は小さく溜息を吐いて、

「まともになって会いたい人がいるんですよね？」

佐原さんを覗き込む。佐原さんは怖い顔で睨み付けたけれど、すぐまた目を背けた。

「ちゃんとしてるとこ見せたくて、Tに入ろうとした。ですよね？　姪《めい》っ子さんでしたっけ。お姉さんの娘。お姉さんとは仲がよくないけど、姪っ子さんは大好き。その子に会いたくて生きてる」

土屋さんが「何、どういうこと」と口を挟む。

「そんなこと、この人言ってたか？」

「言ってましたよ。研修のわりと最初の方で。だから忘れたんじゃないですか」

鼓麻は答えた。わたしは記憶を辿るが、何も思い出せなかった。

「全部一緒というか、一貫してますよね。研修を受けたのも、この足のこと黙ってたのも」

佐原さんはいつの間にか、背中を丸くして水面に顔を向けていた。ただでさえ暗くなったうえに髪に隠れて、表情は全く分からない。

どれくらい経っただろう。

土屋さんがじれったそうに辺りをうろうろし始め、わたしがぼんやり手元の石ころを見つめていた頃。

「足が痛い」

佐原さんが、辛うじて聞こえる声で言った。

「歩けない」

今度はハッキリ聞こえた。

久保くんが関節を鳴らして立ち上がった。

「焚き火をしましょう。光も煙も出るけど致し方ない。佐原さん、言ってくださってありがとうございます」

返事も聞かずに辺りの木の枝を拾い始める。

「うう」

佐原さんは呻いて、体育座りをした。膝に顔を押し付けている。

「うう、くそ。くそ……」

泣いているのだと分かるのに少しかかった。わたしは彼女からそっと離れて、久保くんの手伝いをした。


落ち着いて岸辺に横になった佐原さんが、すうすうと寝息を立て始めた頃。鼓麻がわたしたちを手招きした。囁《ささや》き声で言う。

「元看護師ってのは本当だと思いますよ。ちゃんとしてる感出したくて嘘吐いてるとかじゃなくて。まあ、実際は准看護師だったとかはあるかもしれませんけど」

「いや、その辺は誰も疑ってないいんじゃない？」

久保くんが同じくらい声を潜めて答えた。土屋さんが頷いて、

「それをわざわざ言うために呼んだのか？」

と、呆れた表情を浮かべる。

「とんでもない。ただ、これからどうします？　何かプラン、あるんですよね、土屋さん」

「あるとも。そうだな、ちょっと待て、整理するから……」

「それにしても八代さん、凄いね、場を収める力というか、佐原さんを説得した時のスキルが」

と久保くん。

「全然。ああやって強く言わないと、あの人、絶対一人でどっか行っちゃう気がしたからです」

「たしかに……」

わたしは佐原さんの方に目を向けた。頼りなげに揺れる焚き火の向こうに、佐原さんの足が見えた。足首から下にはタオルが掛けてある。

その向こうの森は、昨日より暗かった。昨日より闇が深かった。気のせいに決まっているのに、そう感じずにはいられなくなっていた。

「でも凄いよね。佐原さんの姪っ子さんの話、よく覚えてたね。僕はそんなの全然記憶になくて」

「それ、俺もだわ」と土屋さんの声。

「記憶力は前からいいんで」

鼓麻が小声で笑う。すぐに、

「あと、凄いのはわたしじゃなくて鮎実さんですよ。鮎実さん、よく気付きましたね、佐原さんが足に怪我してるの」

と、不意にわたしに話を振る。

わたしは闇から目を引き剥がして、

「何となく、普通じゃない気がして」

と、平静を装って答えた。

本当にその程度だった。確信なんかどこにもなかった。でも、彼女に恩返しをしたい気持ちは、どこかにあったような気がする。いや——そんな御大層な意思ではなく、単に彼女に感謝していたのだろう。ずっと心のどこかで、感謝し続けていたのだろう。過呼吸になったわたしを助けてくれた、口は悪いけれど親切な佐原さんに。

「で、どうしましょう」

みんなを見回して、久保くんが言った。


久保くんが最初に提案したとおり、一人見張りを立てて交代で眠ることにした。鼓麻のリュックに蠟燭《ろうそく》十本入りの箱が入っていたので、これを火時計にした。箱には一本一時間と書いてあった。二本が完全に溶けたら、つまり二時間経ったら交代。

最初の見張りは久保くんがすることになった。二番目は鼓麻、三番目はわたし。最後は土屋さん。佐原さんが起きても見張りはしなくていい、と話がまとまった。

土屋さんは「一番深い時間がいい」と言っていたけれど、近くの木の根元に寝そべるなり、真っ先に鼾《いびき》を搔き始めた。鼓麻は佐原さんの近く、川岸で丸くなった。

わたしは近くの岩の陰で休むことにした。

疲れてはいたけれど目は冴《さ》えていた。焚き火の側に座り込み、時折木の枝をくべる久保くんを、見るともなく見る。滝の音にも焚き火の音にもすっかり慣れてしまい、意識しないと耳が拾わなくなっていた。

これからどうなってしまうのだろう。

佐原さんの足だってすぐ治るわけではない。動ける範囲は今までよりずっと狭くなる。彼女には感謝している。今は心配で堪らない。それなのに「足手まとい」という言葉が何度も頭に浮かび、その度に振り払う。

脱走して以来、自分の考えが、感情が、少しずつ複雑になっていた。目に見えるもの、耳に聞こえるものが鮮明になっていた。そういう感覚を取り戻していた。だからこそ嫌な気持ちにもなっていた。合宿所にいた時の感情はもっと平坦で穏やかで、平和だったのに。こんなことなら――いけない。これはよくない考えだ。一人で起きているから考えてしまうのだ。寝よう。寝てしまおう。

目を閉じようとしたその時、久保くんが立ち上がった。焚き火から離れ、木の枝を手にすぐ戻ってくる。枝は湿っていたらしく、煙がもうもうと上がる。彼の足元にあるらしい蠟燭は見えない。

ぱちん、と焚き火が爆《は》ぜる。

久保くんが大きな溜息を吐き、鼓麻を揺り起こす。何度か揺すって、耳元で囁く。

鼓麻が起き上がり、しかめっ面で焚き火の前に行く。蠟燭に火を点ける。彼女が寝ていたところで久保くんが寝そべっている。

もう二時間が経ったのか。ずっと目を開けているようで、実際は寝ていたらしい。やはり疲れているのだ。これなら朝まであっと言う間だろう。少し気が楽になった。

鼓麻が水を飲みながら辺りを見回していた。ぱちん、と爆ぜる音がした。

「鮎実さん」

しつこく揺り動かされて、わたしは重い瞼を無理矢理こじ開ける。懐中電灯を手にした鼓麻がわたしを見下ろしていた。

今度は本当に一瞬だった。

「起きてくださいよ、もう。順番決めたじゃないですか」

明らかに苛立っていた。わたしは呻き声とともに身体を起こす。

「ごめんね、ごめん。起きるから」

「お願いしますよ。あと異状ナシでした」

鼓麻がそっけなく言って、わたしのすぐ側に寝転んだ。わたしは這うようにして焚き火のところまで行き、蠟燭に火を点ける。滝壺の水で顔を洗い、深呼吸しながら歩き回る。眠気がどこかへ行ってしまうと、感情が再び戻ってきた。

不安だった。

闇に目を向けていられない。焚き火だけを見てやり過ごそうとすると、今度は知らず知らずのうちに、聞き耳を立ててしまう。微かな音がガリガリと音を立てて神経を搔き乱す。今のガサガサという音はなんだ。今のパキッという音は。

(昔々、この森に悪いオバケがいました)

自分の言葉を思い出していた。

(ってことは、まだオバケの生き残りがいたりしてな)

次に思い出したのは土屋さんの言葉だった。

彼は木陰で腕を組んで眠っていた。このタイミングで「んごご、ぷふー」と、呑気な鼾を搔き始める。叩き起こしたくなるけれどももちろんそんなことはできない。わたしは弱いままだった。ただ黙って焚き火の側で、体育座りで震えていた。

昨日泊まったツリーハウスが恋しくなっていた。

粗末だったけれど、ここよりはずっと安全だった。

ぶうん、と羽音が耳元でした。

「ひっ」と咄嗟に頭を伏せる。焚き火に小さな虫が集まっていた。弱々しい炎の周りを、黒い点がいくつも、ふらふらと飛び回っている。また羽音が耳元をかすめるが、今度は驚かなかった。驚くどころではなくなっていた。

闇の奥に、気配を感じていた。

焚き火の光が届かない、夜の森の暗闇。

その奥に。

(悪いオバケがいました)

(人を攫って食べたり、殺したりしていました)

(生き残りがいたりしてな)

いるわけがない。いるわけがないのに。

(殺して首斬って、あそこに置いたヤツがいるってことでしょ?)

それはいる。いるけど。

(置いたヤツがいるってことでしょ?)

いま闇の中で何かが動いた気がしたが、火が——光源が揺れているせいだ。絶対にそうだ。気のせいだ。気のせいに決まっている。

また羽音がする。でも今度は動けない。頭より先に身体が感じている。警告している。動くな、動いたら危ない、闇の奥にいるあいつに気付かれる、と。

手の甲に音もなく虫が止まる。這い回る。

蚊よりも、羽蟻《はあり》よりも、ずっと大きい虫だ。感触でサイズを想像してしまい、全身が痒くなる。気分が悪くなる。それでも払い除《の》けられない。手を動かすのが怖い。

がさ、がさ

音がした。

視界の外から、たしかに聞こえた。

ざっ、ぱきっ

一歩踏み出した。細い木の枝を踏み付けて、折ったらしい。

ずず、ざざ、ずず

歩いている。

足を引き摺《ず》って、こちらに近付いている。斜め後ろから来る。来る。来るのに動けない。立てない。振り返れない。声も出せず呼吸さえもできない。

（悪いオバケ）（生き残り）（斬首の森）

ずず、ざざ

（悪いオバケ）（生き残り）（斬首の森）

ずず、ざざ
（殺して首斬って、あそこに置いたヤツがいる）

ずず
（斬首の森）

ずざ、と一際大きな音とともに、気配がすぐ後ろに迫った。

バクバクと耳元で鼓動が鳴り響いている。ひっ、ひっ、という妙な音が自分の呼吸音だと気付く。

「ねえ」

背後のそれが、声を発した。

わたしは跳び上がりそうになって、すぐ気付く。

「見張り？」

気配がそう問いかけて、わたしの右側から前に回り込む。

佐原さんだった。

「大丈夫？　泣いてんの？」

「えっ」

そう問われて初めて、自分の頬が涙で濡れていることに気付いた。慌てて拭う。全身を縛り付けていた緊張が一気に解《ほど》ける。

「あと、火も小さくなってる」

「す、すみません」

枯れ葉と小枝を突っ込み、佐原さんと交代でフーフー息を吹きかけて、元の勢いに戻す。久保くんと土屋さんの見様見真似だったが、取り敢《あ》えず何とかなった。

そこでようやく、自分の勘違いが馬鹿らしくなった。物音がした時すぐ振り向いて確かめていれば、佐原さんに恐れ慄《おのの》くこともなかったのだ。

「すみません、ごめんなさい」

「何で謝るの？」

「いや……オバケかと思って」

笑われるか、呆れられるか。覚悟はしていたけれど、佐原さんは真顔だった。「まあ、こんな状況ならね」と、むしろ理解してくれている様子だった。

「朝までここで休むってこと？」

「そうです。足、大丈夫ですか」

「どうかな」

彼女はスニーカーの踵を踏んでいた。わずかな光でも、酷い靴擦れがはっきり見えた。

「こんなんじゃ足手まといだよ。ほんと」

「朝に……朝になってから、みんなと相談しましょう。明るくなってから」

わたしは言った。先送りにしているだけなのは百も承知だったけれど、同意だけはしたくなかった。何故なら――

「さ、佐原さんは足手まといじゃないです」

最初からそう言えばよかったのだ、と気付く。

佐原さんはびっくりしたような顔をしていたけれど、やがて言った。

「トイレ」

「え？」

「トイレ行きたいんだけど。その懐中電灯、貸して」

わたしはあたふたと、彼女が指差した足元の懐中電灯を拾い上げて、手渡す。ここに置いていたことなど、今の今まですっかり忘れていた。

「場所とか決まってる？」

「いえ、特に」

「あっそう」

佐原さんは足を引き摺って歩き出したが、すぐ立ち止まる。ボサボサの髪を見上げていると、彼女は不意に振り向いて、言った。

「ありがとう」

「え？」

意味が分からなかった。

「助けてくれてありがとうって言ってんの。わたしの足のこと、気付いてくれて」

「い……いえ、そんな全然」わたしは頭を振って答えた。「こちらこそ過呼吸の時はありがとうございました。お礼、言えてなくてごめんなさい」

「ああ。あれって……そうか、昨日か」

昨日。そうだ。夜が明ければ丸一日。

まだそれだけしか経っていないのに、遠い昔のような気がした。

「だから、みんなでここを出ましょう」

わたしは言った。何が「だから」なのか自分でも分からなかったけれど、とにかく思っていることを伝えた。

少しの沈黙があって、

「うん。出ようね」

彼女はそれだけ答えた。微笑んでいる風に見えたが、確かめる前に彼女はわたしに背を向けてしまった。スニーカーの踵を踏んで、足を引き摺って、歩きにくそうに焚き火の光の外に出る。懐中電灯のおかげで、大体の位置は分かった。その光を眺めながら、わたしは自分の言葉を思い返していた。

みんなで。

ここを出ましょう。

そうだ、みんなでこの森を抜けるのだ。そしてTからも逃げ切るのだ。その方がいい。誰かが死ぬよりは。誰かを置いていくよりは。

ぱちん、と焚き火が爆ぜる音がして、わたしは目を開けた。

焚き火の前で胡座《あぐら》をかいて、不自然に前屈みになっていた。髪が焼けそうなほど焚き火に頭を近付けていた。蠟燭が溶けかかっていて、大急ぎで二本目に火を点ける。

いつの間にか寝落ちしていたらしい。全身に嫌な汗をかいていた。襟が湿っていて気持ち悪い。

喉もからからに渇いていた。

水を飲もうとペットボトルに手を伸ばしたところで、わたしは気付いた。

「佐原さん……？」

彼女がいなくなっていた。

寝ていた川岸に戻っていない。その他のどこにも姿が見えない。わたしは立ち上がった。全身の筋肉が固まっていて、少し動いただけで身体が軋んだけれど、構ってはいられない。

歩き回って捜してみたが、どこにも彼女はいなかった。

懐中電灯が近くの茂みに転がっていた。

少し離れたところに、踵の潰れたスニーカーが片方落ちていた。

「佐原さん！」

わたしは大声で呼んだ。走り回ってみんなを叩き起こす。三人とも最初は呻いたり寝返りを打ったりを繰り返していたけれど、事態を把握するとすぐ目を覚ました。

「んだよ、見張りの意味がないだろうが」

土屋さんが舌打ちして言った。わたしはその場で消えてしまいたくなる。

「今はそんなこと言ってる場合じゃない。何かあったら佐原さんは逃げられない」

久保くんが言った。

「一人ここに残り、三人は固まって捜しに行きましょう。懐中電灯持参で。効率は悪いがそれが最善です」

「焚き火の火を松明《たいまつ》代わりにすればいい」と土屋さん。

「こんなものすぐ消えますよ。何の役にも立たない」

「あのな久保くん――」

「あっ」

鼓麻が声を上げた。

彼女が指差したのは、佐原さんがトイレに向かった方だった。鼓麻の指も、手も、身体も、ブルブルと音が聞こえそうなほど震えている。

「い、今、何かいましたよ。人みたいなのが歩いてました」

彼女の顔は引き攣っていた。目は異様に見開かれ、目尻の辺りが今にも裂けてしまいそうなほどだった。わたしはこわごわ懐中電灯を指差す方へ向けたが、それらしいものは何も見えない。

「貸せ」

土屋さんが返事を待たずに、わたしの手から懐中電灯を奪い取る。あちこち出鱈目《でたらめ》に光を向けるが、ただ暗い森と滝壺があるばかりだった。

「くそっ」

と、土屋さんが吐き捨てた、まさにその時。

じゃぼんっ

と、大きな音がした。

何かが水に落ちた音だ。それも高いところから。

決して大きくはないが、ある程度の重さのある何かが。

音の出所は、一つしか思い付かなかった。みんなもそうだったのだろう。わたしたち四人は、同時に滝壺の方を向いた。土屋さんが光を向ける。

白いものが水底に見えた。

水紋で屈折し、ゆらゆら歪んで見える。

そこを起点に少しずつ、滝壺の水が濁っていくように見えた。いや、見えたのではない。事実今この瞬間にも濁っている。

まさか。

ぎりりと心臓を握られるような激しい痛みが、胸を襲った。

最初に動いたのは鼓麻だった。次いで久保くんが、土屋さんが。わたしは最後だった。滝壺の、懐中電灯が投げかけた丸い光の中を覗き込む。

長い藻が揺れていた。いや——髪の毛だった。

顔だ。顔がまるで狙ったみたいに、こちらを向いている。

目を見開いて、頬は真っ白で、鼻は折れているのか曲がっていて、歯を食い縛っている。鼻と口と、髪の間から小さな泡が出ている。首からは煙のように血が溢れて、水を少しずつ赤に染めている。

佐原さんの首だった。

愕然《がくぜん》として見ている間に、少しずつ水面に浮かび上がる。首——切断面が見える。赤と白と灰色と赤い肉と太い管と、硬そうな組織と軟らかそうな組織。そのどれもがぬらぬらと光っている。

懐中電灯の光が激しく揺れた。

「うっ」

久保くんが嘔吐いて川岸に跪く。土屋さんが後退る。鼓麻は両手で口を押さえていた。

わたしは何も感じなかった。

佐原さんの足の怪我を見た時も、佐原さんが泣き出した時も、見張り中に彼女をオバケと勘違いした時も、トイレに行く前の佐原さんと話した時も、心は激しく動いた。でも今は少しも、動かない。動いてくれない。こんなに彼女の顔を見ているのに、こんなに彼女と目が合っているのに。

佐原さんの髪が水面に音もなく広がった。ある程度まで広がると、それを合図にするかのように、首は水に沈んでいった。

じゃば、じゃば

また水音がした。

さっきとは違って騒々しく、でも軽い。

どこだろう、と思ったところで、久保くんが懐中電灯を上に向ける。

浮かび上がったのは、見覚えのあるジャージを着た人影だった。

血に染まっている。足元に水飛沫が上がっている。

滝の上に、不自然な姿勢で立っている。いや……体形がおかしいのか。血まみれのジャージがあちこち膨らみ、身体が歪み、ねじれている。そんな風に見える。

手元がギラギラと光っていた。刃物を持っているらしい、と気付く。

顔だけがちょうど、光の外にあった。

久保くんが更に懐中電灯を上に向ける。

瞬間、人影がそれは光の外に——闇に飛び退《すさ》った。バシャバシャと水を蹴る音が、頭上から聞こえる。そして聞こえなくなる。

どれくらい経っただろう。

「あのジャージ」

久保くんがつぶやいた。土屋さんが痙攣《けいれん》するように頷きながら、

「ああ、ああ、俺も見た……何が起こってるんだ？」

太刀川さんの時と同じ疑問を投げかける。誰も答えなかった。

「佐原さん」

久保くんが小声で言った。

「佐原さん、でした」

呆然としたまま、再び囁く。

「ああ、そうだよ。そうだとも」

土屋さんが溜息交じりに答えた。

「ショックだろうな。俺も佐原さんがこんなことになってショックだよ。女の子は尚更辛いだろうな」

芝居がかった動きで、鼓麻に目を向ける。彼女は無言で滝を見上げていた。

「でも、ここでパニックになっても仕方ない。取り敢えず焚き火のところに戻ろう。そこで心を落

ち着けよう。そうだ、それが一番いい。みんなで明るくなるまで——」

「さっきから何言ってるんですか？」

久保くんが声を張った。

「滝の上にいたのも佐原さんでしたって言ってるんです。見間違いじゃないですハッキリ見ました。包丁だかナイフだか持って立ってました。髪ボッサボサでこっち見てました気のせいじゃないです絶対に」

「おい、何を訳の分からないことを——」

「僕だって訳分かんないですよ！」

ほとんど怒鳴り声で、彼は遮った。引き攣った表情は笑っているようにも見えた。冷静で飄々とした彼はどこにもいなくなっている。

あまりの剣幕に、誰も何も言えなくなっていた。

絶え間なく響く滝の音が、今更のように耳に障った。

傍証Ⅲ

「続木さん」

天本は目を細め、口角を上げた。「不信感なんて滅相もない。もし自分がそんな気持ちになっていたなら、とっととここを辞めています。私の職歴をご存じでしょう」

「職歴。ええ」

続木は笑顔のまま返す。

「また火事についてですが、燃やせば脱走者が出る、そうでなくても森を調べる口実ができる——などという計算は成り立ちません。むしろデメリットだらけだ。特に、この施設を世間に知られる恐れがある。それは私にとっても避けたいことです」

「ふむ」

「まあたしかに」天本は一瞬躊躇ったが、「続木さんが合宿所にここを選んだ理由については、何らかの事情があるんじゃないか、と思っております。全く気にならないと言えば嘘になる」と、正直に言った。

続木が自分を怪しんでいることは、先の発言で分かった。見透かされている。なら下手に取り繕ってはいけない。明け透けに本音を言うのは論外だが、嘘で塗り固めても逆効果だ。

「例えば？」

「その作り物の木と、討伐です。いろいろ渡り歩いてきたが、他では見たことも聞いたこともない」

続木は黙った。

「それだけじゃない。他にも疑問に思っていたことはあるんです」

「というと？」

「死体の扱いについて、随分と慣れていらっしゃった。自分も知識や経験がないわけではありませんが」

四年前のことだ。

合宿で参加者が一人死んだ。元々身体が弱いと聞いていたが、レクチャー中に呼吸困難になり、もがき苦しんで死んだ。社員用宿舎の自室に籠もっていた天本は、部下から連絡を受けた。対応を考えていたところ、偶々《たまたま》来ていた続木から提案があった。

「山に捨てましょう。正確には参加者の皆さんに捨てさせる。ああ、いっそ私が仕切ろうか」

そう言って、自ら参加者を指揮した。もちろん天本をはじめ社員も、続木の指示を仰いだ。埋める場所も彼の提案によるものだった。

違和感を覚えた。

遡って木のオブジェのこと、討伐のことが気になり始めた。そして続木その人についても。

続木は反社会的勢力の人間ではなさそうだった。その筋の人間とのコネクションなら、天本の方が太いし多い。そうした勢力の連中も、続木の素性や過去を詳しく知らないらしい。「以前から自己啓発セミナーの企業を経営していた」「Q県の会社員の家庭で育った」と証言は得られたが、それらは本人の口から聞いている。いずれにしろ、死体遺棄に精通しているとは素直に考えにくい経歴だ。

何より——

「死体遺棄の仕方も、私には気になりました。あのやり方では腐敗しにくくなる。知識をお持ちでないのとは違う。むしろ知識をお持ちのうえで、そうした方法を採用しているとしか思えません。なるべく腐らせず、かつそうと気付かれにくい方法を」

死体を土に埋めると腐りにくい。

土葬を「土に還《かえ》す」などと表現することがしばしばあるが、外気から遮断されるため、実際はそこらに放置するよりずっと還りにくくなるのだ。だから単に埋めるだけなら「続木代表はその辺りをご存じないのだな」で済んだ。死体を手早く処分する方法を教える気にもなったかもしれない。

だが続木は「埋める前にラップでぐるぐる巻きにするように」と指示した。これは明らかに更に空気との接触を絶ち、腐敗をより遅らせるための処置だ。全て分かったうえで選んでいる。

「これからも同じようにしてね」

死体を埋めた直後、続木は天本に命じた。

翌年も、翌々年も合宿で死者が出た。天本は命令を守り「同じように」始末した。疑問や不審が顔に出ないようにしながら。

これには何かある。

「何らかの目的がある、用途がある。この場所もおそらく関係している。だから死体をできる範囲で保存している——どうしてもそう考えてしまいますね」

手を後ろで組んで、研修室を歩く続木に、天本は言った。続木はこちらを見ずに返す。

「なるほど、なるほど……でも」

くるりと振り返る。

「不審に思うなら、それこそ今までと同じように逃げればいいのでは？　そんな怪しい上司や組織に、義理立てする必要はない。違いますか？」

天本は答えなかった。

自分でも疑問だった。逃げるという選択肢を今まで選ばなかったのは何故か。信頼の置ける部下に、Tそして続木への違和感を表明したことはあった。今までなら、そんなことをする前に辞めていたのに。

おまけに今まさに、こうして続木に直接、探りを入れるような真似をしている。疑念を表明し、事実を聞き出そうとしている。まるで探偵のように。

そういうことか――とここでようやく、天本は気付いた。

「自分は単純に知りたいんですよ続木さん。あなたが金儲け以外に何を企《たくら》んでいらっしゃるのか」

天本ははっきりと言葉にした。

心の中で自嘲していた。

もう隠し通すのも面倒になるほど、自分は疲れている。年は取りたくないものだな、と。

続木の顔からいつの間にか笑みが消えていた。口元に手を当てて、何やら考えている。

やがて、続木が口を開いた。

「腹を割って話しましょうか。酒でも飲みながら」

四

焚き火を取り囲み、周りの暗闇に目を向けながら、わたしたちは夜を明かした。誰も一睡もしなかった。たまにしゃがんだり、屈伸したりはしたけれど、みんな基本的に立っていた。そして手頃な――武器になりそうな木の枝を持っていた。示し合わせたわけでもないのに、四人ともそうしていた。

わたしは滝壺の方をできるだけ見ないようにしていた。

気を抜くと頭に浮かぶ。思い出してしまう。ゆらゆらと揺れる佐原さんの髪。血で煙る滝の水。断面。沈んでいく首。

そして滝の上に立っていた、人影。

血まみれだった。

変な体形だった。わたしたちと同じジャージを着ていた。

それから久保くんの気になる言葉。

(佐原さん、でした)

(滝の上にいたのも佐原さんでしたって言ってるんです)

どういうことだろう。

何が起こっているのだろう。佐原さんに、太刀川さんに何があったのだろう。

この森で何が起こっているのだろう。

また佐原さんの首のことを思い出す。

吐き気が込み上げて、いけない、と振り払う。暗闇を警戒する。顔だけ振り向いて、みんなの様子を窺う。無事なのを確かめる。

そしてまたうっかり、佐原さんのことを思い出す。

この繰り返し。

「行こう。もういいだろ」

土屋さんが言った。

うっすらと朝の光が差し込んでいた。

それでも辺りはまだ暗かったが、反対する人はわたしを含め、誰もいなかった。滝を迂回して上流を目指す。傾斜は目に見えるほどはっきりしていた。「ってことは、普通に上へ上へ行きゃいいんじゃないか、川なんか無視して」と土屋さんが提案したけれど、久保くんが反対した。「目とか体感が一番当てにならない、川沿いを上るべきです」と。ちょっとした言い合いになったけれど、結局、土屋さんが折れた。久保くんのこの言葉が決め手だった。

「水とかどうするんですか。すぐ助かるなんて思わない方がいいですよ」

土屋さんは「疲れた。先に行け」と立ち止まった。久保くんは黙って先頭に回った。その後に鼓麻、わたし、最後尾に土屋さん。

土屋さんはずっと舌打ちと「くそっ」「ちくしょう」、あと意味のない唸り声を漏らしていた。苛立ちと敵意と、とにかくたくさんの負の感情を垂れ流していた。

「土屋さん、水、要りますか」

わたしは振り返って、ペットボトルを差し出した。彼はこちらを見ることなく、

「要らない。ある」

「じゃあ、エナジーTは？　わたし全然お腹空いてないから」

「大丈夫」

「あの……何か入り用になったら、言ってください」

土屋さんは答えず、手にした木の枝で近くの木を思い切り叩いた。大きな音が辺りに響いた。わたしは泣きそうな気持ちになって前を向いた。

鼓麻が隣を歩いていた。

「鮎実さん、気配りの人なんですね」

わたしに囁きかけて、皮肉な笑みを浮かべた。だがその笑みもすぐに引っ込んでしまう。目は不安そうに泳ぎ、弱々しい朝日が真っ青な頰を照らしている。

「波風立たないのが最優先っていうか、場が平和にまとまるのがベストっていうか、そういう風に考える系の人ですよね、鮎実さん」

わたしに話し続ける。

少しも腹は立たなかった。むしろ彼女がいじらしく感じた。佐原さんの時は呆然として何もできなかったのに、今までどおりに振る舞おうとする彼女が。

「断れない人ですよね。こう、ここで自分がハイって答えたら場がまとまるなら、本音はイイエでもハイって答えるタイプ」

わたしに甘えている、かわいい、とすら思った。場違いな感情なのは分かっているのに、そう感じてしまった。

「ねえ鮎実さん」

「そうだよ」

わたしは答えた。

「だから変なスカウトも断れなくて、全然興味なかったのに芸能事務所に入ったの。東京出てすぐだから、二十歳の時」

すらすらと自分のことを話していた。自分の過去を言葉にしていた。

どう考えてもテレビや映画といった、いわゆる「芸能界」とは繋がっていない、怪しい事務所だった。道で声をかけられて、話してすぐに気付いた。でもわたしは真面目に聞いて、喫茶店に移動して、そこで口説かれて「アイドル」になった。マネージャーの人は「助かったよ、ありがとう」と笑ってくれた。その言葉と表情で、いいことをした気になった。ファミレスでアルバイトをするだけの毎日に飽きていたのかもしれない。最初の仕事は水着グラビア撮影で、聞いたことのない雑誌に何ページかわたしの写真が載った。

水着の面積はどんどん小さくなった。載る雑誌もアダルト誌ばかりになった。イメージDVDの仕事にマネージャーは同行せず、監督兼カメラマンに言われるがまま、事前に一切説明のなかった際どい衣装を着せられ、有り得ない恰好をさせられた。それを撮られた。

「ていうか、研修で話したから知ってるでしょ？　断れない人なの、だいたい想像が付くよね？」

「まあ、はい」

イメージDVDを三枚出したところで、AVデビューの話をされた。最初から既定路線だったのだろう。事務所でできた友達も何人か、既に同じ道に進んでいた。わたしも想像していなかったわけではないが、いざ言葉にされると急に怖くなった。

断ったら違約金を払えと脅された。契約書にも書いてあると凄まれた。いつどこで交わした契約書のことなのか。そもそも契約書を交わしたことが一度でもあったのか。とにかくわたしはデビューを断って、違約金を払う方を選んだ。お金はヤミ金で用意した。

風俗で働くように事務所から言われたけれど、これも断った。友達に相談して水商売をいくつも掛け持ちして、空いた時間はパチンコをして返済することにした。ようやく完済した頃には二十八歳になっていた。頑張る意味なんかどこにもない。本当に無駄な時間だった。それなのにわたしは達成感に浸っていた。友達は失踪して連絡が付かなくなっていた。

キャバクラは辞めたけれどパチンコはやめられず、ちゃんとした仕事はなかなか見付からない。どうしようと思っていたある日、できたばかりのダイナーに立ち寄った。その日はパチンコで勝って気分が良かった。

そのダイナーがTの店だった。わたしはここでも流され、カモにされた。研修という名の暴力にさらされ、他人が暴力を受けているのを眺めて、死んだ人を埋めた。わたしは馬鹿だ。本当に馬鹿だ。酷い目に遭ったのに何も変わらず、懲りもせず同じことを繰り返している。

「馬鹿だよね、わたし」

「いや、そこまでは言ってないですよ。すみません」

「怒ってないよ。怒ってない。何かすっきりした」

鼓麻と顔を見合わせて、わたしは笑った。彼女は叱られた子供のような表情をしていたが、やがて小さく笑い返した。後ろで土屋さんがまた舌打ちしたが、もう少しも気にならなくなっていた。

再び川に辿り着いて、わたしたちは川上を目指した。久保くんは先頭になってからずっと無言だけれど、時折振り向いてはわたしたちの様子を見ている。

「……首刈り」

鼓麻がぽつりと言った。少しだけ乱れた呼吸の合間に訊ねる。

「何だと思います？　絶対に意味がありますよね」

「うん」

わたしは答える。

土屋さんが「無駄話」と言っていた、儀式のことを思い出していた。

「シンプルに見せしめ、とか」

思い付いたことを、そのまま言う。

「立ち入るな、殺すぞ、さっさと出ていけってこと。それを派手にやろうとして、首を斬るってやり方になった」

「なるほどですね。犯人は？」

鼓麻が汗を拭う。

表情がほんの少しだけ明るくなっていた。

「この辺に住んでる人……とか。そういう野蛮な風習が今も残ってる」

「土俗とか因習とか」

白い歯を見せる。「でも、この辺の山はどこもＴのものですよ。厳密に言うと代表の人が所有しています。人は誰も住んでいません」

「そうなんだ」

「でもまあ、面白いですよね、そういうの。因習村っていうんですか。非人間的な掟《おきて》のある村。その掟のためなら法律も人権も平気で無視するような、野蛮な村人。みんな大好き因習村ってやつです。ロマンですよ、ロマン」

「ロマンって、別に……ただイメージで喋ってるだけだよ」

「でも、間違いじゃないと思うんですよ。首を刈るって野蛮の象徴みたいなとこあるじゃないですか。そうでなくても前時代的っていうか、文明開化以前っていうか」

　晒し首のことを言っているのだろう。

　鼓麻の言うとおりだ。首を斬るという行為は、とても野蛮だ。

「でも、何で首を斬ると思います？　ああ、太刀川さんや佐原さんのことじゃないですよ。一般論です。昔の人は何で首を斬ったのか、ってことです」

「理由……？」

「必然性って言い換えてもいいです」

「首じゃなきゃ、駄目ってことだよね」

　こんな話題でも、気晴らしにはなっている。彼女はもちろん、わたしにとっても。

　歩きながら、ない知恵を絞った。スマホがあれば検索して、それらしい答えを拾うこともできただろう。世界は広い。自分が抱く程度の疑問なら、必ず誰かがネットの質問フォームに既に投稿していて、既に誰かが答えてくれている。

　いや――違う。スマホがあれば何よりすべきことは、通報だ。そして位置情報の確認だ。優先順位を間違えている。馬鹿馬鹿しい。自分の発想に笑いそうになっていると、頭でパズルが嵌まる感覚がした。

「……本人確認」

　わたしは言った。

「そうしないと『この人を殺しました』って証拠にならない。ＤＮＡ鑑定の技術なんてないし、指紋の知識だって」

「ってことでしょうね」

鼓麻は微笑を浮かべて言った。

「だから普通に考えたら、わたしたちに見せ付けてるんだと思いますよ。お前ら脱走者ご一行様を、一人ずつ殺してるんだって」

指や手足や、大量の血ではなく、首。それが一番、効果がある。理屈は分かった。思い返せば太刀川さんの時も、佐原さんの時も、首がわたしたちの前に現れる時は、やけに演出が入っていた、ように思う。

異様な木の下で。

滝壺に落として。

「でも……」

わたしはふと浮かんだ疑問を口にした。

「見せ付けて何？　どうしたいの？　って、正直思う」

「ええ、そこは本当にそうですね」

「まあ、単に怖がらせてるだけかもしれないけど……」

「にしては、おかしなところがあるんですよね」

「ああ……」

久保くんが見た、滝の上に立っていた佐原さんのことだ。

焚き火を囲んで夜を明かそう、と決まった時、わたしたちはその件について話し合った。「見間違いだ」と鼓麻は言ったし、わたしもそう思った。素直に考えればそれが一番有り得る。「滝壺に浮かんだ首の衝撃が強すぎて、知らない誰かが佐原さんに見えてしまう暗示にかかっていた」と土屋さんは自分の説を何回も披露していたけれど、こちらは後付け感が強くて少しも同意できなかった。久保くんは「たしかに見た」と繰り返していたが、次第に反論しなくなった。

でも――

「やっぱりあれ、見間違いじゃないって思ってるんだね？」

「分かりません」鼓麻は答えた。「だから一日置いときます。わたしが今言ってる『おかしなところ』はそこじゃない」

「え？」

「二人の胴体――首から下が見付からないこと」

そうだ。

「もっとちゃんと言うと、胴体をわたしたちがすぐ見付け出せない場所まで移動させてること。まあ普通に考えて犯人っていうか、殺したやつが運んでますよね」

鼓麻は真顔になっていた。

「太刀川さんの時は熊の仕業説がまだあったんですよね？　でもそれはもう、ないと考えていい」

「うん」

鼓麻が見たのが佐原さんでなかったとしても、Tのジャージを着た人間ではあるのだろう。熊のはずがない。そこまで考えて、ふと思い当たる。

「でも、そんな重い物を遠くに運ぶって、大変だよね」

「ええ」

死体は重い。四人がかりでも結構な重労働だった。それはわたしがついこの前、実際に体験して分かったことだ。

「ってことは、集団なのかな」

「かもしれませんね」

となると、この辺りに住む人たちの仕業だろうか。Tの所有地だといっても、それは法律の上での話だ。通じない人もいるだろう。地方なら。都会から離れたこんな山奥なら。

「まあ、絶対そうかは分かりませんけどね、離れた場所まで連れ出すか、おびき寄せるかしてから殺して、首だけこっちに持ってきた、というのも考えられます。そうしたら一人でもやれる」

「どうだろう」

「有り得ると思いますよ。太刀川さんも佐原さんも、いなくなる瞬間は誰も見ていないわけじゃないですか」

「そうだけど……」

「滝の上にいたのは一人だけでした。ジャージを着たのが一人」

「うん」

大勢か、一人か。これ以上話しても答えは出そうにない。となると……。

「ジャージなら、野蛮な村人じゃないってことだね」

当たり前と言えば当たり前のことに、ようやく思い至る。

「そこにこだわってるの、鮎実さんだけですよ」

鼓麻が醒《さ》めた口調で言う。

「でも、考える意味はあると思うよ」わたしはささやかに反論する。「ジャージから素直に考えたら、わたしたちと同じ、研修の参加者ってことになる」

「他にも脱走した人がいるってことですか？」

「そうとは限らない。例えば……」

「土屋さん」

前を歩く久保くんが訊ねた。足を止める。わたしも、鼓麻も立ち止まって振り返る。

土屋さんは答えず、わたしたちの間を押し退けるように通り過ぎた。木の枝を杖《つえ》のように使っている。久保くんの側を通り抜けようとして、腕を摑まれる。

「離せ」土屋さんが久保くんを睨み付けた。「休憩なんかしてる場合か。飲み食いなら歩きながらでもできる。現にできた」

来た道に目を向けると、エナジーTの袋がいくつも落ちていた。よく見ると土屋さんの手が赤と緑に汚れている。サカサイヌミミイチゴの果汁と、その葉っぱの汁らしい。

「多分ストレスのせいもあると思いますけど、食べすぎですよ。それと以前から運動不足だったんじゃないですか。だから今、横っ腹が痛い。違いますか？」

久保くんが訊いた。

よく見ると、土屋さんは摑まれているのとは反対の手で、脇腹を押さえていた。

「そんなこと、あるわけが――」

「ありますよ。今の土屋さんがまさにそうです。ハッキリ言って恰好悪いですけど、別に恰好を付けなきゃいけない状況でもない。むしろ異常を感じたならすぐ言ってほしいですね」

「大丈夫だっつってんだろ」

土屋さんは忌々《いまいま》しげに言った。歯を食い縛っていた。呼吸が酷く乱れ、顎から汗が滴っている。どうやら本当にお腹が痛いらしい。

なおも先へ行こうとする彼の両肩を、久保くんがしっかりと摑んだ。

「急げるものなら僕だって急ぎたいです。どうも僕らは命を狙われているらしい。二人で済むとは思えません」

「だから尚更」

「いま何かあったら、逃げ遅れるのは土屋さんですよ。いきなり襲ってこないとも限らない」

久保くんは真剣な表情で言った。

最初に森で顔を合わせた時のような、頼りない感じは消え失せていた。今はむしろ頼もしい。信頼できる。

「そうですよ、落ち着くまで休憩しましょう」わたしは口を挟んだ。「み……みんなでここを出ましょう。残ったみんなで」

素直な気持ちを伝える。土屋さんはなんとなく嫌な感じの人ではあるけれど、死んでほしいわけではない。むしろ感謝している。煙を吸って倒れたわたしを助け出してくれた人だ。

「土屋さん」

久保くんが静かに呼んだ。

「くそっ」

土屋さんは木の枝を投げ捨て、尻餅をつくように腰を下ろした。鼓麻がてきぱきと、水の煮沸の準備を始める。わたしと久保くんは辺りに意識を向けていた。警戒していた。木の枝を胸の前で構えていた。

みんな自分のできることをしていた。助け合っていた。

「……すまん」

土屋さんが顔の汗を拭いながら、ぽつりと言った。

「いえ、謝らないでください」

「マジで、腹が痛くて。運動しときゃよかった」

「まあ、ぶっちゃけると僕は足が痛いです。アキレス腱《けん》が」

「わたしもしんどい」と鼓麻。

「何だよ、それ」

土屋さんは笑おうとしてすぐ、顔をしかめた。相当無理をしていたらしい。

気付けばすっかり夜が明けていた。

本当の夜の闇を知ったせいだろう。青空の下に比べればずっと暗いけれど、それでも明るく感じられた。

周囲を警戒しながらも、わたしはほんの少し、希望を感じていた。不安は全く消えていない。今も心のほとんどを占めている。それでも何とかなりそうな気がしていた。

「どうです土屋さん、調子は」

「まだちょっと痛いな」

土屋さんがお腹を摩《さす》りながら、わたしたちに笑みを向ける。そして、

「何とかなりそうな気がする」

わたしが思っていたのと同じことを言う。照れ臭そうに鼻を擦り、ペットボトルの水を飲んで、

「なんか、助け合ってるだろ。いや、前から一応はそうしてたけど、今の方がこう、同じ方向いてるっていうか。みんなで一緒に、ってなってる」

「ええ、まあ」

久保くんが答える。

「要はさ、まとまってるんだよ」

土屋さんはうっとりした表情で、「俺たちならいける」と言った。

「今の俺たちなら、絶対にいける。ここを抜け出して生きていける。ひょっとしたら、四人で会社作ってもいいかもしれないな」

鼓麻が何とも言えない表情をしている。わたしも少し呆れていたが、顔には出さないようにした。

「だから、いろいろ大変だけど、俺たち今、しっかり向き合って……」

そこで土屋さんは黙った。

表情が顔から抜け落ちていく。口が少しずつ開く。水の入ったペットボトルを握る手が、ぷるぷると震え始める。温い風が草木を鳴らした。

「どうしたんですか」

訊いたのは鼓麻だった。

「お腹、余計に痛くなったとかですか?」

「……いや、違う」

頭を振る。このわずかな遣り取りの間に、土屋さんの顔から血の気が引いていた。

「だったら何ですか」

鼓麻が緊張の面持ちで訊ねる。

土屋さんは大きく息を吸って、泳いだ目で、言った。

「これ自体が、Tのプログラムじゃないか？　計画の一部というか、合宿の本当の目的というか。俺たちの……結束を強めるための」

傍証Ⅳ

続木は天本以外の、この場に残っている社員全員に、即刻撤収するよう命じた。脱走者を捜している社員らが戻ってくると、待機するよう言った。

「本日の捜索は打ち切りです。各自休むように」

「しかし」

戸惑いの表情を浮かべる社員たちに、続木は例の攻撃的な笑みを見せた。そして優しく囁いた。

「一旦呑み込んでください」

それ以上反論する者は一人もいなかった。

続木に先導されて足を踏み入れたのは、続木専用の部屋だった。社員専用宿舎の一階の、一番奥。ビジネスホテル程度の天本の部屋と違って、百平米近くありそうな、ホテルのスイートルームのような内装の部屋だった。

「食事は？」

「いえ、まだです」

「ではご一緒に。そこへ」

続木は細い指で、中央の小さなテーブルと質素な椅子を指した。そこから立つな、この部屋で余計なことをするな――という強い意志が、その指先からも表情からも滲み出ていた。

天本が大人しく椅子に腰掛けると、続木は小さなキッチンスペースに足を向けた。

しばらくして彼はウイスキーとグラス、氷が山盛りになったアイスペールを持って戻ってきた。すぐに引き返し、今度は水のペットボトルとピーナッツの袋、カルパスの袋を手にやって来る。ウイスキーは安物でこそないが、どこにでも売っている大衆的なものだった。

天本が拍子抜けしていると、「がっかりさせたようですみませんね」と続木が言った。向かいに腰を下ろす。

「いえ、そんなことは」

「言い訳をさせてもらうと、食事にまるで興味がないんだよ」

続木はテキパキとウイスキーの水割りを二人分作り、片方を天本に差し出した。グラスを掲げる。天本もそれに倣う。

「では天本くん、本日はお疲れ様」

「お疲れ様でした」

グラスのぶつかる音が、広い部屋に響いた。続木はグラスをテーブルに置くと、

「子供の頃は病気がちで、食べられるものが少なかった。体調がいい時も多くは口にできなかった。

そんなわけで早い段階から、食べる楽しみを人生から切り捨てていた。結果論だが、それでよかったと思っているよ。幸運だった。おかげで何も失わなかったからね。もし私が健康な子供で大飯食らいだったら、そうでなくても日々の食事に喜びを見出していたら、今の人生は辛いものだっただろうね。おそらく、ここまで生きることはできなかった」

「そうですか」

天本はグラスを傾ける。喉が、次いで胃が心地よい熱を帯びる。眠気と疲労で澱んだ頭に、ぽつりと火が灯《とも》ったような感覚に陥る。

続木の言っていることが、途中からよく分からなくなっていた。妙な飛躍をしているうえ、後半は何のことを言っているのか判然としない。酒のせいではなかった。話を聞いている間の天本は間違いなく素面で、少し飲んだ今もまるで酔っていない。続木はおそらく意図的に、核心をぼかしたまま喋っている。

「小食も小食でね。ちょっとでも量を食べると、気分が悪くなる。消化の悪いものなら尚更だ。消化器官がほとんど働いてくれないんだよ。なので栄養はサプリメントで摂っている。飲料はさほど問題なく飲めるね。喉も普通に渇くから」

そう言えば続木が食事を摂っているのを、天本は一度も見たことがなかった。

「では酒は?」

「これが不思議と飲める。美味だと感じるし、酩酊《めいてい》もする」

続木はグラスを一口で空にした。

「まあ、生き永らえる苦痛を和らげているだけかもしれないがね」

やはりよく分からない。含みがあるようにも、他愛《たわい》のない一般論を遠回しに言っているだけのようにも聞こえる。

「欠陥品だったんだよ、私は」

むしろ楽しげに、続木は言った。

「学問はそれなりに修めたが、成人しても病弱というほどではないにせよ、健康とは言い難かった。そしてこの顔。誰も寄りつかない」

「いえ、仰るほどではありませんが」

天本は口を挟んだ。本音だった。

「散々弄《いじ》ってこれなんだよ。若い頃は悲惨だった。当時は美容整形など存在しなかったからね」

続木は自分の頬を撫でた。

「女は寄りつかない。両親にさえ疎《うと》まれた。見合いで何とか結婚したが、数年で別れた。相手が子供を産めない身体だったから——ということに表向きはしたが、実情は違う。私が種なしだったからだよ」

続木の身の上話を聞くのはこれが初めてだった。新鮮と言えば新鮮だが、正直、面白いとは感じなかった。むしろ凡庸だった。

「まあ、そんな私を救ったのが『ひのたま教』だったわけだが」

「祖父君《おじぎみ》の手引きで開いた宗教ですね。水房——何とかという女性を開祖にした」

この辺りは大まかに聞いていた。

続木はカルパスを一つ、口に放り込んで答えた。

「キヨ、だね。水房キヨ。断片的とはいえ、あの頃あの森について知っていた、ただ一人の女だ」

あの森。

天本の身体に緊張が走った。ウイスキーを飲む。ここからが本題だ。目の前の胡散《うさん》臭い老人は、ようやく俺の疑問に答えようとしている。

「祖父君、か」

続木が立ち上がった。窓の方へ歩きながら、「祖父はかつて、この近くに住んでいた。そこで水房キヨと出会った。彼女は薬草について広い知識を持ち、難病に苦しむ近隣の村人を救った。祖父はそう聞いて、彼女とコンタクトを取った。が——」

不意にこちらを向いて、

「実際は違った。彼女が知っていたのは、あの森の悍《おぞ》ましい力だった」

と言った。

自分のグラスがすっかり空になっていることに、天本は気付いた。

五

「プログラム……?」

真っ先に反応したのは鼓麻だった。

「計算が合わない」

その次は久保くんだった。苦笑いを浮かべていた。

「五人……五人の結束を強めるために、二人殺すんですか？　それ以前に合宿所を燃やしたんですか？　あそこでも何人か死んだかもしれない。下手したら五人以上。おかしい。絶対に損得勘定が……」

「有り得る」土屋さんが遮った。「そもそも、死んでも誰も困らない人間ばっか集めてるんだぞ。優秀な人材を数人確保できれば、雑魚《ざこ》が何人くたばろうが充分元は取れる」

「でも土屋さん、さすがに四人は少数精鋭すぎませんかね。おまけに四人って数も、今僕らが偶々そうってだけの話です。脱走犯が一人しかいなかったらどうなります？　そもそも誰も脱走しなかったら？　そんな無茶なプログラム――」

「待て、待て」

土屋さんが遮った。目が血走っている。

「できる。できるとも。その辺のことを一発で解決する方法がある」

「何です？」

「簡単だよ。Tの人間を紛れ込ませるんだ」

彼は全員を見回した。これ以上ないくらいの疑いの目だった。

わたしたちは互いに顔を見合わせた。

疑いたくなかったけれど、信じる根拠など初めから一つもない。その事実に気付いたせいだろう。

全員が愕然としていた。

いや――土屋さんの言ったことが事実なら、誰かしらは愕然としたフリをしているのだ。

「……よくよく考えてみればよお、ずっと怪しかったんだよな」

土屋さんは立ち上がった。へへ、と場違いな笑い声を漏らす。

「昨日になってからいきなり、リーダーシップを発揮しやがった。俺たちをまとめ始めた。しかもあれだ、急に思い出したとか言って、太刀川さんの知識は間違ってるとか言い出した。あれか、俺が気付かなかったら、ここから先で妙な思想を植え付けようとしてたんじゃねえか？　そんで完全に洗脳と結束が完了した頃、元いた合宿所に無事ご到着！　って流れなんじゃねえのか？　なあ、おい」

自分の言葉に興奮していた。「真相」に到達して嬉しい。「犯人」を自力で見付け出して楽しい。そんな感情が、表情からも口調からも溢れ出ていた。

彼の視線は一人に注がれていた。

「どうなんだよ、久保」

当たり前のように呼び捨てだった。

久保くんの片頬がぴくぴくと痙攣していた。瞼も震えている。

「……そんなわけ、ないじゃないですか。違いますよ。Tの人間じゃありません」

「じゃあ何なんだよ、昨日からの覚醒っぷりは。適度に生かすつもりだったんだろ？　そんで今、合宿所に誘導している」

「しませんって、そんな馬鹿なこと」

「危ないとこだったぜ。もう少しで俺ら、団結するところだった」

「だから違うと何度言ったら」

「黙れっ」

言うなり土屋さんは、しゃがんでいる久保くんの顔を思い切り蹴り飛ばした。咄嗟に腕で防いだので直撃はしなかったけれど、久保くんは吹っ飛ばされ、川に落ちてしまう。バシャンと水音が森に響いた。

土屋さんは川に踏み込むと、立ち上がろうとした久保くんの頭を摑み、川に叩きつけた。そのまま久保くんの背中に片膝を押し付け、体重をかけて沈める。

久保くんが手足を滅茶苦茶に振り回し、水を辺りに撒《ま》き散らした。もがき苦しむ彼を土屋さんは乱暴に組み敷いて、更に体重をかける。

「土屋さんっ」

わたしは叫んだ。叫ぶことしかできなかった。笑っているように見える土屋さんの興奮した顔。水を叩く久保くんの手足。見ているだけで全身が痺《しび》れたようになった。動けない。助けないとと何度も頭で思っても、身体の方が動いてくれない。

久保くんの動きが鈍った。

と思った時には止まっていた。

土屋さんが川底の砂利に、久保くんの顔を沈めようとしている。彼の顔の下から出る泡が、どんどん少なく小さくなっていく。

死ぬ。

久保くんが今まさに、溺れ死のうとしている。

何とか身体を動かそうとしたその時。

「駄目っ」

鼓麻が言うなり、勢いよく太い木の枝を振った。土屋さんがずっと杖代わりに使っていたものだった。

枝が土屋さんの顔面を直撃した。鈍い音がして、土屋さんは川に仰向けに倒れた。

「久保さん！」

鼓麻が久保くんを引っ張り上げる。わたしも慌てて彼女を手伝う。こんな命のかかった状況でも、誰かの後追いでなければ何もできない。自己嫌悪に苛《さいな》まれながら、久保くんの濡れた手を引く。

岸に上がるなり久保くんは激しく噎《む》せ、大量の水を吐き出した。わたしはその背中を摩った。

鼓麻はわたしたちを庇《かば》うように仁王立ちになっていた。

「くそ、てめえ……」

彼女の向こうで土屋さんが身体を起こす。鼻から血が出ていた。水で薄まって手やジャージの袖を染めている。

「違いますよ。これはプログラムなんかじゃない。みんな偶然から脱出して、偶然ここに迷い込んだ。久保さんはTの人間じゃない。普通のTの人はここに入ったりしない」

「ああ？　てめえ何言ってんだ」

「ここはTの人間は立入禁止なんです。代表がそう決めた。理由は代表以外知りません。そんなところでプログラムなんて、やれるわけがない。それにこの川を上っても合宿所には着きません。違う山なんです」

土屋さんの怒りに歪んだ顔から、力が抜けた。鼻血が垂れているのも忘れたのか、顔から手が離れる。

わたしも背中を摩る手を止めていた。久保くんも噎せながら、鼓麻の背中を見ていた。

「土屋さん、わりと仕切りたがりですよね。他人に仕切られるのイヤなタイプですよね。お山の……こういう狭い範囲で、リーダーになるのが好きっていうか」

鼓麻が話していた。また心理分析のようなことを口にしている。

「でも山歩きの知識はなくて、だから久保くんが指揮を執るようになって、それが気に入らなかったんじゃないですか。いっぺんシメてやりたかったんじゃないですか。プログラムだのTの人間がいるだのっていうのは、ただの口実で――」

「待て、ちょっと待て」

遮ったのは土屋さんだった。

震える指で鼓麻を指し、信じられないといった口調で訊ねる。

「お前……、何でそんなこと知ってる？　ここが立入禁止だ？　Tの人間は入れないだ？　ここは合宿所とは違う山だ？」

ばしゃ、と水を撥《は》ね上げて立ち上がる。

「そういやお前、さっきこの辺り一帯が代表の土地だって言ってたよな。誰からどういう流れで聞いたんだ、そんな話？　おい」

鼓麻が後退った。後ろを向いたまま、器用にわたしたちを迂回して、土屋さんから距離を取る。

彼女は半笑いだった。

「いや、違いますよハッタリですよ。言ったら止めてくれるかなって」

「嘘吐け。何だその顔。ふざけてんのか」

土屋さんが勢いよく川から上がった。

鼻から鼻血を、全身から水を滴らせながら、ゆっくり歩み寄る。鼓麻が更に下がる。

「言っとくがな、お前が本当は何者で、どういうつもりでここにいるのかなんて、正直どうでもいいんだわ」

「どうでもいいなら、行きましょう。殴ったことは謝ります」

「それも今はいい」

土屋さんは身構えると、

「俺が知りたいのは一つだけだ。ここがどこか分かってんなら——出口を教えろっ！」

猛然と鼓麻に摑みかかった。

鼓麻はひらりとそれを躱《かわ》し、木の枝を投げ付ける。土屋さんが怯《ひる》む。

鼓麻が脱兎《だつと》のごとく駆け出した。

「待てこらっ！」

土屋さんが巻き舌で怒鳴ったが、彼女は立ち止まらなかった。飛ぶように軽やかに川上へと走り去る。木の陰に隠れて瞬く間に見えなくなる。

くそがっ、と吐き捨てて、土屋さんが地面を蹴った。大きい身体に似合わず、彼も足が速かった。あっという間に小さくなって、茂みの向こうに消えてしまう。

わたしは呆然と二人を見送っていた。

パキパキと川上の方で木の枝が折れる音が時折耳に届いたけれど、それもいつしか聞こえなくなった。

川のせせらぎを妙に耳障りに感じた、ちょうどその時。

「行こう。どのみち、川上に向かうしかない」

久保くんが軽く咳き込んで、立ち上がった。

最初は歩くのも大変そうだったけれど、久保くんは少しずつ回復しているようだった。木の枝や石ころで音を出して、熊対策もするようになった。わたしと会話をすることも。

「怪しいとは思ってたよ、鼓麻さんのこと」

「わたしも。平常心すぎるっていうか」

「うん。でも……」

久保くんは濡れたジャージが気持ち悪いらしく、顔をしかめながら、

「何のために僕らと合流したのか、それが謎だ。それこそプログラムだった方が筋が通るくらいだよ。後は……単純に追っ手で、僕たちを合宿所に誘導してたとか」

「どっちも、違うみたいでしたね」

謎だった。

「それに、殺しとも、首斬りとも関係ないっぽかったです。本当に理由が分からないみたいでした。トボケてるだけかもしれないけど……」

「どうかな」

久保くんはリュックを手に持つと、ジャージの上を脱いだ。シャツも脱いだ。見るからに寒そうで、実際すぐさま震え出す。わたしは自分のジャージを脱いで、彼に手渡した。

「ごめん。ありがとう」

彼は言って、素肌にジャージを着た。大きな木の枝に、Tシャツと自分のジャージを通し、肩に担いだ。

歩いているうちに、いつしか道は再び平坦になっていた。川の流れで辛うじて、上に向かっていると分かるが、体感ではほとんど平地だった。

行けども行けども山頂は見えない。視界も次第に悪くなる。木の数は明らかに増え、まだ日が出ている時間のはずなのに、辺りは既に薄暗い。

どちらからともなく、わたしたちは立ち止まった。水分補給し、乱れた息を整える。

川の水で顔を洗い、手を拭っていると、川上に何か見えた。木々の向こう、そこだけ暗い。密度がある。

「あれは……」

久保くんに指し示すと、彼は目を凝らした。ややあって、ぽつりと言う。

「木だよ。それもあの木に似てる。刃物の木に」

自分から口にした言葉なのに、彼の顔が青ざめるのが分かった。わたしも背筋が凍った。刃物の木。

太刀川さんの首が供えられていた木。

昨日側を通り過ぎた、ずっとずっと下流にある木。それなのに。

久保くんが走りたそうな素振りを見せた。

だからわたしは走った。川上へ。木がある方へ。

すぐ後ろを彼が追いかけてくるのが分かった。

暗い密度のある何かが、少しずつはっきりと見えてくる。太い木だ。しかも枝から何かがぶら下がっている。

まさか。まさか。

まさか。そんな。

泣き出しそうになったその時。

「うおおーっ！」

悲鳴が辺りに響いた。

違う。向かう方からこちらに飛んできた。あの木の方から聞こえた。振り向くと、久保くんが一度、たしかに頷く。

男の人の声だった。絶叫だった。

だとすれば——

体力なんてほとんど残っていないのに、わたしは加速した。

巨木が迫ってきた。

木には刃物がぶら下がっている。

でも。

違う。太刀川さんの首があった、あの木とは別の木だ。

ずっと太い。ずっと高い。

ぶら下がっている刃物も、どれも古い。真っ赤に錆びているか、そうでないものは苔に覆われている。

その根元に、自然のものでない色が見えた。Tのジャージだった。

土屋さんだった。

躓いて転んだのか、太い木の根の間に、仰向けに嵌まり込んでいる。遠目にも顔面蒼白《そうはく》なのが分かる。

「土屋さん！」

久保くんの声がわたしを追い越した。

土屋さんは答えなかった。全身が震えている。目に涙が光っている。固まった鼻血で鼻も口も、顎まで赤い。

彼のすぐ側で足を止めた時、わたしは気付いた。久保くんが小さく呻く。

それまで茂みに隠れて、わたしたちからは見えなかった。

土屋さんの足元から数メートル離れた、苔生《む》した地面に――

鼓麻の首と、胴体が転がっていた。

首は太刀川さんの時とは違って、今度は右耳を地面に付けて、横向きに転がっていた。見たことのない表情で、わたしたちを睨んでいた。歯を剥き、目を吊り上げ、眉間にも鼻にも頬にも皺《しわ》を寄せている。

辺りは真っ赤だった。

地面にも木の根にも幹にも、茂みの葉にも、血がべったりと付いている。

鼓麻のリュックが落ちていた。

すぐ側にスマホが転がっていた。強い衝撃を受けたらしく、液晶画面が大きく凹《へこ》んで、全体に罅《ひび》が入っている。隙間から中身が見えていた。

その向こうに、彼女の胴体がうつぶせに横たわっていた。

「……何があったんです？」

久保くんが訊ねた。「説明してください。何を見て、何を聞いたんですか？」

と質問を重ねる。

土屋さんは今になって初めてわたしたちに気付いたのか、久保くんを見て「はっ」と声を上げた。

わたしと目が合うと、「ああっ」と、小さな悲鳴を上げる。乾いた鼻血の上を、鼻水と涙が流れ落ちる。

「土屋さん」

わたしが呼ぶと、彼は無言で右手を持ち上げた。

その手には血まみれの包丁が握られていた。

傍証V

「おや、もう空だ」

続木がウイスキーの空き瓶を振った。

「申し訳ありません。自分ばかり」

「いえいえ。ではちょっと新しいものを持ってきます。あなたは席を立たないで」

ギロリ、と凶悪な目を向ける。天本は素直に従った。

続木はキッチンに向かいかけて、トイレに消えた。天本はアイスペールから氷水をグラスに直接注ぎ、火照《ほて》った喉と胃に流し込む。横目でトイレのドアを窺いつつ、ポケットからスマートフォンを半分引っ張り出す。

連絡が来ていた。

〈依然、川上を目指し中。これから野営〉

脱走者たちに紛れ込ませた、部下からのメッセージだった。

取材Ⅳ

「水野さん」

小田は呼んだ。これで七度目だった。

鮎実は一切反応を示さない。椅子の背に凭れ、ぼんやりと小田を見ている。話している途中で黙り込み、そこからずっとこの状態だった。小田が咳払いをしても、鮎実の鼻先でひらひらと手を振っても、我に返る様子は一切ない。

ただ話すだけでも、相当な負荷がかかっているのだろう。鮎実は憔悴《しょうすい》しきっていた。唇は痛々しささえ覚えるほど乾いてささくれ立ち、目の下の隈はここへ来た時よりはるかに濃い。小田は舌打ちをしそうになるのを堪えた。精神的なストレスを与えた罪悪感は確実にあったが、それより苛立ちの方が勝っていた。

鼓麻の首が切断されていた。土屋の手に、血まみれの包丁が握られていた——ここまでは聞いた。

言い方は悪いが、「いいところで」話が途切れている。

どうした。黙っていないで早く話せ。今すぐ話せ、最後まで話せ。

「水野さん」

小田は駄目元で、もう一度声をかけた。やはり反応はない。立ち上がり、肩を揺すろうと手を伸ばした時、鮎実の目が瞬いた。

「え……あれ」

ぐらりと彼女の身体が傾いだ。慌てて姿勢を元に戻し、大きく息を継ぐ。顔に表情が戻る。狼狽と困惑の表情だ。涎が垂れていると思ったのか、不意に口元を拭う。

「ごめんなさい、ちょっと意識が、飛んじゃってて。なんか、ね、寝落ちしたみたいになってて」

「お疲れなんですね。こちらのせいです。申し訳ない」

「いえ全然。全然です。あの、時間って」

「残り五分を切りました」小田は机の上のスマートフォンを見て答えた。「お話は、あと五分で終わりますか?」

「ええと、土屋さんが、包丁持ってるとこでしたよね」

「そうです」

「ああ……じゃあ、無理です」

がっくりと鮎実は肩を落とした。想像はしていたが実際に言葉にされると、落胆は大きい。小田もつい溜息を吐いていた。

遠くから足音と、ぺちゃくちゃ話す声、そしてガラガラという台車の音が聞こえた。開けっ放しのドアから二人の中年男性が入ってくる。その後から若い女性。茶色い紙に包まれた、四角い荷物が山と積まれた台車を押している。

「あっ、これはこれは」

男性の一人が言った。名前は忘れたが、文芸部の社員編集者だ。高そうなスーツを着ている。

「すみません、ここ、これから僕ら取ってるんで。ちょっと早いですけど構いませんよね」

「いや、しかし……」

「山原《やまはら》先生にわざわざご足労いただいて、サイン本を作っていただくんですよ。山原先生、申し訳ありません、バタバタしてしまって。すぐ撤収させますんで」

「ああ、うん」

山原先生と呼ばれたもう一人の男性が、そっけなく答えた。禿《は》げ頭で暑苦しそうな肥満体。舐め回すような視線は鮎実に注がれている。

売れっ子作家先生が使うのだから、下請けの記者はとっとと取材を切り上げて出て行け——ということらしい。小田は「山原先生」について全く知らなかったが、目の前の編集者にしてみれば自明の理なのだろう。わざわざ今ここで説明してやる必要などないほどに。

小田が鮎実を連れて会議室を出ると、すぐさま編集者がドアを閉めた。

「くそ」

小田は言った。ややあって、ドアの向こうから三人の笑い声が聞こえた。自分を笑っているわけではないだろうが、それでも腹が立った。

「あのう、小田さん」

鮎実に呼ばれて振り向く。心細そうに廊下に佇《たたず》む彼女は、自分の首を撫でながら、小声で言った。

「最後まで、話してもいいですか」

「というと？」

「全部話したいんです。今日これから。場所は……安全ならどこでもいい。人に聞かれなければ。お願いします」

「水野さん」

「お願いします」

鮎実は繰り返して、頭を下げた。願ってもいない状況に、小田の口から思わず笑みが零れた。


一時間と少し後。

小田は鮎実を、自宅のアパートの一室に招き入れた。最初は出版社からほど近いカラオケボックスを提案したが、鮎実が拒否したのだ。そして彼女はこう訊ねた。

「小田さんの家は駄目ですか？」

都心から離れた、狭い１ＬＤＫだった。壁は全て書棚で塞がれ、床の大部分を積み上げられた本や雑誌、その他、紙の資料が隠している。

小田は半ば無意識に詫《わ》びの言葉を繰り返したが、鮎実はその度に「全然」と答えた。気を遣っているのではなく、本当に気にしていないらしい。その証拠に、例の媚《こ》びた笑みを浮かべていない。

居間を大まかに片付け、ちゃぶ台を挟んで座る。録音の準備を整え、飲み物を用意して小田は取材を再開した。食事は鮎実に断られた。喉を通らないという。

「では改めて、宜《よろ》しくお願いします」

「お願いします」

正座した鮎実は背筋を伸ばして、口を開いた。

「包丁を持ってる土屋さんに、久保くんが訊ねたんです。『あなたがやったのか』って。土屋さんは真っ青な顔で頷きました。遅れて『そうだ』と言いました。『俺がこの手で殺した。生意気だったからブチ殺してやったよ』って。怖がっていました。でも嬉しそうでもありました。なんかこう、やってやってやったぞ、みたいな……」

鮎実の声に反応して、スマートフォンの大きな画面とICレコーダーの小さな画面の、波形が小刻みに動く。

「それで、わたしと久保くんが引いたっていうか、びっくりしてると……土屋さん、こう言ったんです。『これまでの二人も俺が殺した。俺が殺して、首を斬ったんだ』って」

第四章

一

「そうだ、みんな俺が殺したんだ。この俺が」

土屋さんはゆっくりと立ち上がった。わたしたちを睨み付け、包丁の切っ先をこちらに向けながら。次の瞬間には飛びかかってきそうだった。

わたしは赤く濡れた包丁から目が離せなくなっていた。鋭い刃がわたしの胸やお腹を抉《えぐ》る様を、想像したくもないのに想像していた。それだけで頭が一杯になってしまい、他は何も考えられない。辛うじて数歩後退るのが精一杯だった。

「太刀川さんは俺が連れ出して殺した」

土屋さんは話し続ける。

「死体は埋めて隠した」

「じゃあ、佐原さんは？」

久保くんが訊ねた。土屋さんは一瞬怯んだが、すぐに、

「同じだ。誘い出して殺して、死体は埋めた」

「じゃあ、あのジャージの人影は何ですか？　滝の上に立ってたヤツです」

久保くんは冷静に質問を重ねた。

土屋さんはぽかんと口を開けた。何か言おうとするが、その口からは呻き声しか出てこない。

「僕らが見かけた、太刀川さんのジャージはどうですか」

冷たく訊ねる。

「そもそも一人の人間を埋めるための穴、短時間で一人じゃ絶対に掘れませんよ」

刃物を持っている、つい今しがた人を殺したばかりの人間に、あまりにも挑発的な言葉だった。でも一つ一つの質問や指摘は納得いくものだった。気付かない自分が馬鹿に思えた。

「久保くん、それって」

「ええ。土屋さんは殺していない。太刀川さんも、佐原さんもね」

「でも、鼓麻は」

わたしはうっかり、転がっている鼓麻の首を見てしまう。その隣に横たわる胴体も目に入る。彼女は苦しそうだった。こうして首を斬られた今も、ずっと苦しんでいるみたいだ。吐き気がこみ上げて、わたしはその場に膝を突いてしまう。久保くんが歩み寄った。

「大丈夫、大丈夫だから」

と言うわたしの横を無言で通り過ぎる。

彼が足を止めたのは、鼓麻の頭の前だった。躊躇う素振りを見せたのは一瞬だけだった。久保くんはスッと屈んで、鼓麻の頭を両手で摑んだ。そのまま持ち上げる。

「……頭が凹んでる」

ややあって、彼は言った。鼓麻の頭の、こめかみの辺りに指を当てている。首をそっと元の位置に戻し、今度は胴体の方に向かう。

わたしは戸惑いながら、久保くんがすることを見ていた。彼は鼓麻の胴体を、ひっくり返す。そして服を検《あらた》める。ファスナーを下ろし、シャツを捲る。続いてジャージを脱がしにかかる。

「あ」

わたしは思わず声を上げた。

「おい、やめろ」

土屋さんが言って立ち上がる。「やめろ、やめろって」

「やめるのは土屋さんの方でしょう。こんなくだらない、馬鹿げた真似」

ずる、とまた音がする。

「うるせえ久保、貴様……」

土屋さんが駆け寄ろうとして、すぐに足を止める。

久保くんがサバイバルナイフを握り、切っ先を土屋さんに向けていた。

刃物を持った二人はその場で睨み合った。わたしは何が起こったのか全く分からず、息を殺して事態を見守っていた。

沈黙を破ったのは久保くんだった。

「……これは鼓麻さんの持ち物です。太腿にこうやって隠していた」

空いた手で胴体を示す。露わになった鼓麻の右の太腿に、ホルスターが巻かれていた。

久保くんが言った。鼓麻の服を戻しながら、

「ジャージのサイズが合っていない。ぶかぶかすぎる。だからひょっとして——と思ったんですが、

当たりでしたね」

そろそろと腰を上げる。

「土屋さんに追われた鼓麻さんは、ここで転んだ。そして頭を打って死んだ。こめかみは急所ですからね。彼女はおそらく本当にTの人間だったんでしょう。そこにスマホが転がっている。それで上の人間と連絡を取っていた」

わたしは頷いて返す。混乱が少しずつ収まっていく。久保くんは不満げに眉根に皺を寄せると、

「土屋さんは、それを自分が殺した風に偽装した。やり方はおそらく……まず、木から包丁を一本取って、鼓麻さんの首を斬った。これはこれで結構な重労働です。結果、土屋さんは疲れ果てた。頭も回らなくなった。だから、包丁を手に『みんな俺が殺した』なんて説得力のないことも平気で言えた」

土屋さんは悔しげに歯を剝いている。

わたしは訊ねた。

「何でそんなこと」

「僕らの上に立ちたい」

「え?」

「多分だけど、今のこの人の頭にはそれしかないんだよ」

久保くんは言った。

土屋さんは反論しなかった。ただ叱られた子供のような顔で、わたしと久保くんを睨んでいた。

「い……いや、違う」

我に返ったように、否定の言葉を口にする。

「俺が殺した。みんな俺が殺したんだ。だからお前らは大人しく――」

「土屋さん、やめましょう。もうバレバレですよ。土屋さんなりに頑張ったんでしょうけど、こんなの意味ないですよ」

久保くんは言った。

「っていうか、馬鹿なんですか。馬鹿ですよね」

「えっ」わたしは思わず声を上げる。

「こんな状況で、そんな馬鹿みたいな動機でしか動けないんですか。で、やってることが死んだ女の子の首を斬る、ですか。意味分かんないっすよ」

「久保くん、駄目だよ」

わたしは思わず口を挟む。いけない、駄目だ。今の言葉はストレートすぎる。土屋さんは怒る。絶対に怒る。そして取り返しの付かないことになる。

案の定、土屋さんの顔が怒りに歪んだ。

久保くんは動じずに話し続ける。

「こんなんだからTなんかのカモにされるんですよ」

「お前もカモだろうが」

土屋さんが間髪を容れずに反論する。反撃の隙を見付けて嬉しいのか、引き攣った顔に笑みが浮かぶ。

「みんな協力しなきゃって時に、こんな滅茶苦茶なことするの、やめてもらえませんか」

「黙れ、俺に説教するな」

「もっと大事なこと、あるじゃないですか」

「黙れ、黙れ黙れ黙れ。馬鹿にしやがって、下に見やがって」

駄目だ。わたしの思ったとおりの展開だ。逃げないと。でもできない。金縛りに遭ったみたいに身体が動かない。

「おい久保、俺がやれないと思ってるだろ。誰も殺してない、だから俺がお前を殺すわけないって。なあ？　じゃあやってやるよ。やれるって証明してやるよ。この場で今すぐにな」

滅茶苦茶な理屈を組み立てている。口調も目も虚勢を張っているようには見えなかった。殺される。こんなところで、こんなくだらない諍《いさか》いで。

完全に竦み上がったわたしをよそに、久保くんは冷静に、きっぱりと言い放った。

「人を殺しても、人生の一発逆転なんてできませんよ」

間違いなく土屋さんに言った言葉なのに、わたしに刺さった。

一発逆転。

わたしと無関係な言葉だとは思えなかった。

断れなくてTに付け入られた。流されてアイドルになり、流されて裸みたいな恰好をさせられ、流されてAVに出演させられそうになった。違約金を返したら二十代を棒に振っていた。

そして今回もまた流されて、Tの研修に参加した——そう自分で分析した気になっていたけれど、どこかで久保くんの言う一発逆転を考えていたのではないか。

「バイトでもパートでもいいから地道に働く」という選択肢を選ばなかったのは、そういうことなのではないか。いや、きっとそうだ。

わたしは流されただけじゃない。都合のいい夢を見ていたのだ。

「Tに入ろうとしたのも、要はそういうことですよね。逃げ出したのに、また同じ考えで動いてますよ。それで上手く行ってるならいいですけど、全然ダメみたいですし」

久保くんは話し続けていた。わたしに言っているとしか思えなくなっていた。

土屋さんの血走った目が潤んでいた。

「そんなに人生、甘くないってことですよ。僕も思い知りました」

自嘲の笑みを浮かべて、久保くんが肩を竦める。その流れでサバイバルナイフを持つ手を下ろしたけれど、土屋さんは襲いかかってきたりはしなかった。

土屋さんは泣いていた。子供みたいに鼻水を垂らして、下唇を突き出して。包丁が手から滑り落ちた。彼はその場に蹲った。久保くんが近付いて、地面に落ちた包丁を素早く拾い上げる。

「すまん……」

土屋さんが謝った。久保くんは疲れた顔で「いえ」と答えた。わたしも疲れを感じていた。重い身体を感じながら、鼓麻の血まみれの胴体を眺めていた。手前の首には焦点を合わせない。そのことに少しだけ慣れている自分に気付いた。

彼女はTの人間だった。素直に考えて追っ手だろう。それがバレて追いかけられて、転んで、あっさり死んだ。そのあっけなさを今ようやく、怖いと感じた。やはりここはおかしなところで、わたしは逃げなければならない。

なのに、未《いま》だに森から出られずにいる。

土屋さんが刃物をわたしたちに向けなくなっただけで、状況は少しも改善されていない。川の上流には向かっているから少しは前に進んでいるのかもしれないけれど、出口は一向に分からない。

でも、これしかないのだ。

一発逆転する方法なんてない。近道もない。地道に一歩ずつ進む、残された手段はそれだけだ。そしてそれこそ、わたしが今まで選んでこなかったものだ。わたしが今ここにいるのはそのせいだ。

「動けますか」

久保くんの質問に、土屋さんは「おお」と答えた。目も鼻も耳も真っ赤だったが、どこかすっきりした表情をしている。

わたしはふと気付いて、腰を上げた。鼓麻のスマホを手にする。画面を撫でても、ボタンを押しても、全く反応しなかった。期待はしていなかったけれど、また少し疲労が肩にのし掛かる。

「悪かった。すまん。本当に申し訳ない」

「いいですって。横っ腹、もう痛みはないんですか」

「大丈夫だ」

「やせ我慢してませんよね」

「してない。ここまで醜態晒しといて、今更カッコ付けても仕方ないだろ」

へっ、と土屋さんが自分を笑うのを聞きながら、わたしは鼓麻のスマホを地面に置いた。

真っ赤な手がわたしの手首を摑んだ。

何が起こったのか分からず、わたしは顔を上げる。

鼓麻だった。

首のない鼓麻の死体が上体を起こし、腕を伸ばして、わたしの手を掴んでいた。

彼女のジャージのあちこちが、ボコボコと不自然に波打っていた。

傍証Ⅵ

「祖父は、要するにこの地で新興宗教を興したわけです。周囲にはこう説明していましたよ。困っている地元の人たちに、神様の恵みを授けていたんだ、とね」

続木は語り始めた。

「神様の恵み、ですか」

天本は合いの手を入れる。

やっと話を戻しやがったか、このジジイ――と、心の中で毒突いた。今の今まで、彼は天本の過去について聞きたがった。特に隠すつもりもなかったので答えはしたが、いい気分ではなかった。勿体《もったい》を付けられている、焦《じ》らされていると感じた。

「薬草、生薬の知識があった水房キヨなる女性を神の依《よ》り代《しろ》とし、自分はキヨの――つまり神の言葉を翻訳し、人々に伝える。いわば人と神との橋渡し役を買って出た。建前だと思うだろう？　綺《き》麗事《れいごと》だと思わないかな？　虚栄心もなければ金にも興味がない老女をいいように利用し、田舎者から金を搾り取って一儲けしたい、それが本音だと思うだろう？」

「自分がそういう人間を見かけたら、間違いなくそう思いますね。神の恵み、神の言葉などあるわけがない。そう笑い飛ばしたかもしれない」

「だろうね」

続木は笑う。天本はグラスを空にし、自分で氷を、ウイスキーを、水を注ぐ。少しばかり高揚感はあるが、酔ってはいなかった。多少饒舌《じょうぜつ》にはなっているが、黙ろうと思えばいくらでも黙れる。

「だが、残念ながら違った。祖父に下心があったのは事実だ。ただし彼が求めていたのは金ではなく、居場所だった。地位だった。コミュニティの中で確固たる立ち位置が欲しい。そういう気持ちがあった。キヨさんとこの宣さん、ひのたま教の宣さん、と皆に声をかけられ、慕われるのが本当に嬉しかった――と、繰り返し言っていたよ」

「リアルといえばリアルですね」

ありふれた欲求だ。取るに足りない動機だ。だが、だからこそ切実だとも言える。Tのカモたちの欲求と大差ない。いや、そっくり同じだ。

自分を馬鹿にした連中を見返したい。

人生の一発逆転を狙いたい。

周囲の期待に応えたい。

何者かになりたい。

実にくだらない。

だが、この手の願望を抱いて生きる人間は多い。とても多い。おまけにここ最近ますます増えている。Tのカモたちを観察する限り、そうとしか思えなかった。

「祖父はキヨの家に足繁く通った。身の回りの世話をする傍ら、彼女に植物の薬効について訊ねた。キヨの豊富で有用な知識を受け継ごうとしたわけだ。これも当然、善意や奉仕精神から来るものではない。自分ではそう信じたがっていたが、内心はやはり自分のエゴのためだよ。人から尊敬されたい、キヨの補佐としてではなく、自分こそを必要とされたい、そう考えていた」

「祖父君ご本人から聞いたんですか?」

「ああ、そうだ」

続木はここで一瞬、苛立たしげな表情を見せた。拙い質問だったのだろうか。戸惑いが表に出ないようにして、天本はグラスを傾ける。

「キヨは確かに豊かな知識を持っていた。しかも正確だった。読み書きもほとんどできず、知能にも若干の問題を抱えていたにも拘《かか》わらず。祖父は非常に驚き、ますますその知識を自分のものにしたくなった。だが」

続木は溜息を吐いた。

「ほどなくして祖父は奇妙なことに気付いた。重篤な病気、例えば当時村に蔓延《はびこ》りつつあった熱病に罹った子供を、キヨは必ず自分だけで看た。祖父に触らせなかったし、見せもしなかった、という。自宅から少し離れた専用の小屋に寝かせて、自分だけ出入りしてね。素直に考えて、どういう理由が考えられる?」

「薬の知識を独占したかった。自分以外の誰にも知られたくなかった」

「理由は? 何故知られたくない? ヒントは特に出していないから、正解してもらいたいわけじゃないよ。単に君の考えを聞きたい」

「一つ目、単に頑固だった。二つ目、とても価値のある——金になるものだと考え、無償での情報提供を渋った。三つ目、教えてしまえば祖父君に用済みだと見なされ、殺されるのではないかと考えていた。パッと思い付くのはこれくらいです」

「なるほど、なるほど」

続木は嬉しそうに自分の頬を撫でた。

「祖父もそういった推理をした。だから自分は敵でないとキヨに何度も説明したが、キヨは頑として教えなかった。小屋——粗末なあばら屋だったそうだが——に祖父を招くことも、治療に使う植物について明かすこともなかった。それで祖父は自分で調べることにした。あばら屋は外壁も屋根も隙間だらけだったし、加齢で目も耳も悪くなっていた彼女の跡をつけることは容易かった」

「覗きと尾行ですか」

「身体も丈夫じゃなかったのにね。執念だよ」

ふふん、と小さく笑うと、

「キヨは重病患者が来ると、森へ足を運んでいた。そこで摘んだ植物を持ち帰り、患者に与えていたんだ」

「そうだったんですね」

穏当に言葉を挟みながら、天本は心の中で首を傾げる。

「君は不思議に思っているね?」続木が間髪を容れずに訊ねた。「そんなことを何故隠すのか? そう思っている」

「ええ。まあ人間に『効く』植物といえば、思い当たるところもなくはないですが……」

麻薬の原料になる植物が自生しているなら、取り扱いは慎重になるだろう。続木がそうしたビジネスを、Tとは別に展開していても一向に構わない。だが、そもそもそうした植物が重病の治療に使われるだろうか。

天本の思考を見透かすような目で、続木は言った。

「そうだろうね。麻薬だとしても腑《ふ》に落ちない」

「ええ」

「あの森で何か起こっているか、人に教えてはいけない。立ち入るのも危険だ。でもこの流れでその理由を説明しても、全く信じてもらえないだろう。少し遠回りをさせてもらうよ」

続木は億劫《おっくう》そうに立ち上がった。部屋の隅のソファに無造作に置かれていた、大型のタブレットを手に戻ってくる。ぎこちない手つきでタッチパネルを操作し、顔をしかめて画面を見ていたが、やがて「お待たせ」と笑顔で言って、タブレットを天本に差し出した。

受け取った天本は画面を覗き込んだ。

二

鼓麻の胴体が、もう片方の手をわたしに伸ばした。肩を摑もうとしている。

わたしは咄嗟に身を引き、手を振り払った。鼓麻のズタズタの切断面から、新たな血がピュッピュッと冗談みたいに噴き出して、わたしの足にかかる。

恐怖が一気に膨れ上がり、わたしは悲鳴を上げた。

口から出たのは呆れるほど弱々しく、子供っぽくて、馬鹿みたいな声だった。

久保くんと土屋さんが同時にたじろぐのが、気配で分かる。

首のない鼓麻が起き上がろうとして、すぐ転ぶ。四つん這いになったと思ったら、今度は誰もいない方へと這い進む。首から上が欠けていて、目が見えないのだ――と、当たり前のことにやっと思い至る。きっと聞こえてもいない。久保くんが無言で駆け寄って、わたしの手を引く。幸いにも腰は抜けていなかった。

久保くんの頬は紙みたいに真っ白だった。震える指で彼は川を指差す。わたしは何度も頷く。彼はわたしに頷いて見せ、川へと駆け出した。わたしも必死にその後を追う。頭の中は完全にパニックだった。

これは何だ。

どうして首のない人間が動き出したのか。

今までだっておかしかったのに、更におかしくなっている。わたしの知っている常識が全然通用しなくなっている。

逃げたい。逃げないと。

こんなところからは今すぐ逃げ出さないと。

ざざざ、と音がした。

振り返ると、首のない鼓麻がわたしを追いかけていた。手足を使って、ぎくしゃくと不自然な動きで這ってくる。斬り口から血を噴きながら、みるみるこちらに迫ってくる。鼓麻の胴体が速いのではない、わたしの足が遅いのだ。どれだけ地面を蹴っても全然前に進めない。止まっているみたいだ。

首なしの鼓麻に足を摑まれ、わたしはあっけなく転んでしまう。遠くを走る久保くんが振り返り、ぎょっとしたのが見えた。

鼓麻の胴体が蜘蛛《くも》みたいな恰好で、わたしにのし掛かる。胸を押さえつけられる。服から、手足から、首から、血が滴り落ちて、ぼたぼたとわたしに降り注ぐ。

もう悲鳴も出なかった。これから何をされるか分からないが、だからこそ恐ろしかった。悪寒で全身が凍り付きそうだった。

「うおおおっ！」

大きな声がした。

何かが動いた、次の瞬間。

どごん、という鈍い音とともに、首なしの鼓麻が吹っ飛んだ。

何が起こったのか分からなかった。

土屋さんがわたしを抱き上げて、そのまま走り出す。彼が鼓麻を蹴り飛ばしたのだ、とそこでようやく理解する。わたしを助けてくれたのだ、と。

「急がなくていい！」

久保くんの声がした。

「今ので完全に僕らを見失った。追いかけてこない！　同じとこグルグル回ってるだけだ！」

うっかりその様を想像して、怖気が走る。ゼイゼイ息をしながら走る土屋さんの腕の中で、わたしは震えていた。

川幅が狭いところがあったので対岸に渡って、そこで土屋さんと久保くんは足を止めた。わたしは地面にそっと下ろされる。おそるおそる来た道を振り返ると、ガサガサと茂みが揺れるのが見えた。その向こうには刃物の吊るされた古木《こぼく》があった。紐が、包丁がゆらゆらと揺れていた。

「何なんだよ、あれ……」

土屋さんが呆然として言った。

「行きましょう」

久保くんは答えず、川上へと歩き始めた。

わたしはできるだけ考えないようにして、彼に続いた。

鼓麻が立てる音がすっかり聞こえなくなった頃、わたしは大きな岩を、手を使って登っている自分に気付いた。川はもうほとんど川ではなくなっていて、岩と岩の間をチョボチョボと流れ落ちている。

上流だ。それも源流に近い。川については小学生レベルの知識があるかどうかも怪しいけれど、それでも理解できた。

木々が少なくなっていた。

少しだけれど、隣の山が見えた。さらに向こうの山も。空は曇りらしい。けれど晴れ間も少しだけ見える。

目の前の岩を苦労して乗り越えると、開けた場所に出た。岩場だった。草木は少なく、地面はゴツゴツしている。

わたしたちは示し合わせたわけでもないのに、同時にその場に座り込んだ。とても疲れていた。

それでも心は前を向いていた。

何とかなりそうな気がしていた。

呼吸が落ち着いたところで、大事なことに気付く。

「土屋さん」

「おお」彼は大の字になっていた。水を浴びたかのように髪が汗で濡れていた。

「さっきはありがとうございました」

「は？　さっき？」

「あの、助けてくれて。運んでくれて」

「全然」

彼はふうう、と大きな溜息を吐いて、

「何も考えてなかった。咄嗟に身体が動いた」

「助かりました」

この人は鼓麻の首を斬った。わたしや久保くんを恐れさせて、支配するために。たった三人のトップに君臨するために。

馬鹿げたことだった。どうかしていると思う。でも、そんな土屋さんがわたしを助けてくれたことは紛れもない事実で、そこは素直に感謝していた。

「悪いことしたな、あの子……鼓麻には」

土屋さんがつぶやいた。

本当に申し訳なさそうな顔をしていた。少し離れたところから久保くんが、ぼんやりと土屋さんを見つめている。

「俺は馬鹿だよ、マジで――」

「まあ、それはそれとして」

久保くんが遮って、

「行けますか、まだ休みます?」

「いや、行こう」

「水野さん、体力は?」

「大丈夫です。行けます」

「よし」

と、久保くんは勢いよく立ち上がった。

「もう少し登れば、もっと遠くが見渡せると思う。あとちょっとです。頑張りましょう」

よいしょ、と声を上げて歩き出す。わたしもほとんど同時に足を踏み出す。

どすん、と背後で音がした。

振り返ると土屋さんが蹲っていた。

ぽかんと口を開け、目を見開いて、わたしを見上げている。

「どうしたんですか」

「あ……あ」

自分の手を見つめる。立ち上がろうとして尻餅をつく。

「ああ、あああ」

声が奇妙に裏返る。

「つ、土屋さん」

名前を呼んだ、まさにその時。

彼のお腹が、大きく膨らんだ。

内側から食い破るかのように、大きく、大きく。

「あ、あああああ!」

土屋さんは凄《すさ》まじい悲鳴を上げた。

傍証Ⅶ

続木から手渡されたタブレットの液晶画面には、一点の画像が表示されていた。書物……巻物か何かだ。茶色く変色した紙に、墨で文章が縦書きされている、らしい。天本にはほとんど読めなかった。ミミズか蛇がのたくっているようにしか見えず、達筆なのか悪筆なのかすら分からない。辛うじて判読できたのは、文頭の九文字だけだった。

火の玉空をとびし事

「ひのたま……」

思わずつぶやいていた。

「江戸時代の、浮世絵師が残した随筆だ。日付は文化《ぶんか》十三年十一月二十日。今の暦に直すと一八一六年十二月二十六日だよ。申《さる》の刻——午後四時頃、火の玉が北東から南西へ飛んでいった、と書いてある。道行く人とアレは何だと騒いでいると、火の玉が飛んでいった先で雷のような音が聞こえた、ともね。この日のこの出来事は多くの書物に記録されている。当時の日記や随筆、怪談集、歴史書。私が把握しているだけで三十二冊」

「つまり事実である、と」

「そう見なして問題ないだろうね」

続木はゆっくりと歩き始めた。

「いま君が見ている随筆には、続けてこう書かれている。十日ほど後に、西から来た旅人に聞いた話である、と前置きしてね。この辺り、まさにこの辺りの山に、真っ赤に光る石が落ちてきた、とね」

「隕石《いんせき》ですか」

「そう」

続木は窓の外を眺めながら、

「凄まじい音がした。木々はなぎ倒され、山肌が抉られた。光る石の落下地点は大きく窪《くぼ》み、そこへ近隣の崩れた山から土砂が雪崩《なだ》れ込んだ。その後何日も大雨が降り、それが止《や》んだ頃——落下地点は小さな盆地になっていた。周囲を山に取り囲まれた、平坦な土地にね。これは他の書物からも裏付けが取れている。記録に残っている限りでは人間が足を踏み入れたのは落下の三ヶ月後だが、盆地には川が流れ、早くも草木が芽吹いていたそうだ」

くるりとこちらを向き、

「幕府はこの地に興味を持った。定期的に調査員を派遣し、記録させている。まあ、それは建前のようなものでね。彼らが本当に求めていたのは『火の玉』そのものだった。この界隈《かいわい》の村々に聞き取りもしていたらしい。火の玉を見たことはあるか、破片でも構わない、見た場所を知っていたら教えろ、持っている者がいたら献上せよ、とね。幕府だけではない。豪商、豪農。大名。幕府に気付かれないように火の玉を捜した人間は何人もいたらしい。それと思《おぼ》しき記録が残っている。まあ、金持ちや権力者が珍しいものを集めたがるのは世の常だ。私にも分かる」

だろうな、と天本は思う。

「結論から言うと、火の玉は今に至るまで見付かっていない。おおかた落下の衝撃で粉々になったのだろう。彼らの望みは叶《かな》えられなかった。だがその欲深さを笑うつもりはない」

「というと?」

「結果的に記録が残った。あの森に関する記録が」

「森……」

「高い木が生え、草が茂り、盆地が森と呼べるようになったのは、落下から三、四十年ほど経った頃のようだ。『草木の成長が異様に早い』といったことを記しているものも複数あるが、真相は分からない。その頃には森にまつわる奇妙な噂が、人々の間に伝わっていたからだ。あの森はおかしい、と言われるようになっていた。言わば怪談の場になっていたわけだ」

「怪談」

「夜ごと泣く木あり、妖しく光る葉あり、かそけき声の聞こえたり……」

続木は遠くを見て諳《そら》んじた。「火の玉の落ちたところにできた森だ。だから怪しい、不気味だ。そのような噂が流れるようになったわけだ。木々の早い成長も、そうした噂をもとに生まれたのかもしれない」

「なるほど」

「だが、何もかもが本当に噂でしかなかったのなら、私はここにいなかった」

意味深なことを言って、人差し指を立てる。天本の方に向けて、すっ、と右から左へ動かす。再び同じ動きを繰り返す。続木の身振りの意図するところが分かって、天本は「失礼しました」と、タブレットの画面をスワイプした。

それまでとは別の画像が、画面に大写しになった。

今度は絵だった。お世辞にも達者とは言えない、墨で描かれた素朴な絵だった。

鹿だった。顔はごく普通の鹿だったが、首から下は大きく異なっていた。

脚が七本あった。

背中から三本の角が生えている。

角はそれぞれが枝分かれして、ボロ雑巾のようなものがあちこちにぶら下がっている。

鹿は感情のない目でこちらを見ていた。顔の側に文字が書かれていたが、掠《かす》れて読めなかった。

不気味だった。その掠れた文字も含めて異様な絵だった。

「これは……?」

「猟師たちの目撃証言を絵にしたものだ。既に森は禁足地のような扱いだったようだが、それでも獲物を求めて足を踏み入れる者がいたらしい」

続木は部屋を歩き回っている。歩きながら不意に「どう思う?」と天本に問いかける。

天本は少し考えて、答えた。

「素人考えですが……隕石に放射性物質が大量に含まれていた、そして生物が被曝《ひばく》し突然変異した」

原発事故がらみの画像や映像を、何度か見たことがあった。顔の曲がった牛、脚の多い子豚。生まれてすぐ死んだ一つ目の猫。この鹿の絵と似ている。というより同じだ。

何気なく画面に触れると、また別の画像が現れた。

今度は蛇の絵だった。黄ばんだ紙の中央で、とぐろを巻いている。

首が三本あった。

今度は横に添えられた文字が読めた。「三岐小蛇」と書いてあった。

「みつまたの……こへび」

「そう読むのが自然だろうな。八岐大蛇《やまたのおろち》のもじりだ」

「やはり放射線、被曝ということですか」

天本は訊ねた。完全にそうとしか思えなくなっていた。

続木がまたスワイプの身振りをしたので、それに従う。

新たに表示された画像は、芋虫だった。胴体の前後に頭があった。

その次も鹿だった。こちらは頭は一つだが、胴体は二つだった。首のところでくっついている。

更にスワイプして、天本は目を見張った。

「これは……」

いつの間にか鼓動が速く、大きくなっていた。

「種明かしをすると、これは被曝による突然変異ではない」

と続木が両手を広げる。

「しかし」

「違うんだよ。決定的に違う。これは絵だから分かりにくいだろうし、混同もするだろうが」

「では何なんです」

人の絵が描かれていた。

細部は省略されているが、ほとんど裸の男性だった。伸びた髪は乱れ、ボロ布を腰の辺りに纏っている。片方の手が摑んでいるのは木の枝らしい。少しだけ膝を曲げて立っている。色は塗られていないのに、その見開かれた目が血走っているのが分かる。

そしてその足は、その手は、その胴体は、その首は。

動悸《どうき》が更に激しくなっていた。目眩さえ起こしていた。

「突然変異でないとしたら何なんですか、この人間は……」

声を上げた瞬間、目の前が真っ暗になった。

三

土屋さんのジャージが波打っていた。お腹も、背中も、手も足も。

岩場を転がり、裏返った声で喚きながら、彼は叫び続けている。痛みを訴えている。

「あああ！　あゆ、みっ」

俯せになって、わたしに手を伸ばす。目から大粒の涙を流していた。口から涎が幾筋も垂れて、顎も喉も光っている。

逃げ出したい、と思う気持ちが浮かんだけれど、一瞬で消えた。わたしは彼に駆け寄って、「土屋さんっ」と、背中に触れた。

無意識に手が離れた。

脈打っている。ジャージの下がぐねぐねと、有り得ない動きと速さで蠢《うごめ》いている。

「あゆみ……」

苦しげに身を捩る彼と目が合った瞬間。

激しい衝撃を二の腕に受けて、わたしはあえなく横に飛ばされた。咄嗟に身体を丸めて頭を守りながら、岩場に叩きつけられて、転がる。あちこちに痛みを感じながらも、何とか立ち上がる。

久保くんだった。

これ以上ないくらい無表情の久保くんが、俯せで呻く土屋さんの背中を跨ぎ、乱暴に腰を落とした。鈍い音とともに、「げえっ」と土屋さんが蛙《かえる》みたいな声を上げる。

久保くんの手には、鼓麻のサバイバルナイフが握られていた。くすんだ銀色の刃が鈍く光っていた。

土屋さんの顎をもう片方の手で摑み、乱暴に仰け反らせると、久保くんは何の躊躇も前置きもなく、土屋さんの首にナイフを突き立てた。

ずぶ、と音がした。

そのまま一気に、真横に搔き切る。

「げえええ、ごえええええ！」

聞いたことのない声が土屋さんの口から漏れた。凄まじい量の血が斬り口から噴き出し、わたしは咄嗟に飛び退る。

血が岩場に広がっていく。ぼこぼこと土屋さんのジャージが蠢いているけれど、久保くんは構わず今度は首の斬り口にナイフを突っ込み、掻き回す。血と赤黒い塊が、ぶちゃぶちゃという音とともに掻き出され、地面に落ちる。

「ぶえええぇ」

土屋さんは白目を剝いて涙を流していた。血の混じった泡を吹いていた。久保くんの手首を摑むが、すぐにだらりと離してしまう。

久保くんは無造作に、淡々と、首を斬り続けた。土屋さんの声が小さくなると、地面に顔を押しつけて、激しくナイフを動かす。ギッギッという音が骨を擦る音だと分かって、わたしは嘔吐く。口の中が酸っぱくなる。

ざくざく、と音を立てて、土屋さんの首が完全に斬り落とされた。久保くんはそれをつまらなそうに投げ捨てる。首はころころと転がって、止まった。ついさっきまで生きていた土屋さんの顔は、やけに真っ白で弛んで見えた。魂が入っていない、顔の形をしているだけの、肉の袋。そんなことを思ってしまった。

首を斬られた土屋さんの胴体は、血を噴きながらなおも蠢いていた。おかしなこと異常なことがずっと続いていて麻痺《まひ》しかかっているけれど、膨らんだり萎んだりする彼の胴体は不気味だった。見ているだけで寒気がするほどだった。

久保くんが立ち上がった。

土屋さんの蠢く胴体を見て、次にわたしを見る。表情はないに等しかったけれど、その目はどこか嬉しそうだった。

「く——久保くん。これ」

わたしは思い切って訊ねた。

「何が、どうなってるの？」

土屋さんが何度か繰り返した言葉だと気付いて、感情が昂る。頬が急に熱を帯び、身体の奥に火が灯る。

「何なの、これ。何で殺したの？　なんで首を斬ったの？　斬ったのに何で身体が動いてるの？　ねえ、久保くん」

「………………」

「久保くん！」

「待ってよ」

久保くんはそっけなく言った。ふう、と大きく長い息を吐き、ああ疲れた、と零す。

「さすがに疲れた。作業として割り切ってやったつもりでも、やっぱり心身にストレスがかかってるんだな。ああ、疲れた。本当に疲れた」

ふらふらと土屋さんから離れる。

「おかげで頭が働かない。さっきから考えてるんだよ。水野さん、あんたにどこから説明したら一番簡単で早く済むのか。時間もそんなに残ってないだろうし」

「久保くん、何を……」

訊こうとした時、土屋さんの手が動いた。がりがりと岩に爪を立てる。

「ああ、分かった」

久保くんが言った。

顔の汗をジャージの二の腕のところで拭って、再び土屋さんの死体に歩み寄る。

「簡単だったよ。こうすればいいんだ。現物を確かめれば」

胴体を蹴飛ばし、仰向けにして、ジャージのジッパーを下ろす。胸元をはだけさせ、中に着ていたTシャツを摑んで、

「見てて」

そう言うなり、首の斬り口まで捲り上げた。

最初は何だか分からなかった。

気付いた瞬間、わたしは吐いた。

土屋さんの胸から、小さな手が何本も生えていた。

傍証Ⅷ

天本は目を覚ました。

ややあって、自分が気絶していたことに気付く。激しい頭痛の奥から記憶を引き摺り出し、これまでのことを思い出し、肝を冷やす。何が起こっているのか分からないが、間違いなく拙い状況にいる。

目を開けても真っ暗だった。土のにおいと、緑のにおいがする。

上の方に二本の足が見えた。トレッキングシューズにジャージ。すぐ側の地面にはシャベルが刺さっている。

続木だった。作業着に着替えていたが、今までと同じ、あの嫌な笑みを浮かべて、天本を見下ろしていた。その後ろに木々を、更にその後ろに夜空を背負っていた。たくさんの星々が続木の頭上で瞬いていた。

天本は地面に掘られた、大きな穴の中に仰向けで寝ていた。手足をロープで縛られて、穴の底に転がされていた。

「よくお休みでしたね。もう夜です。よほど睡眠が足りていなかったようだ」

「……どういう冗談でしょう」

天本は訊ねた。

「今まで以上に役に立ってもらいたいのでね」

また意味の摑めないことを言って、続木はしゃがんだ。懐中電灯でこちらを照らす。目を細めると光の向こうに、続木のぐったりした顔が見えた。

「この穴、お一人で掘ったんですか？　それ以前に、お一人で俺をここまで運んだんですか？　お疲れ様です」

「ああ。想定した以上に時間がかかった。疲れたよ」

天本の皮肉を真顔で返すと、続木はニタリと笑う。

「つい先日掘ったばかりの場所でなければ、地面が硬くてもっと時間がかかったかもしれない」

続木の言わんとするところが分かって、天本は息を呑んだ。ここで不意に、右の脛《すね》の辺りに何かが当たっていることに気付く。

頭を持ち上げて見てみると、キラキラ光る大きな繭のようなものが、足元に横たわっていた。続木がそれ目がけて懐中電灯を向けていた。

死体だ。討伐で殺して、カモたちに埋めさせた、マサキとかいうカモの死体。

「何故です？」

声に怯《おび》えが滲み出ていた。

続木は答えなかった。シャベルを杖のようにして持ち、体重を預ける。

「さっきの画像を覚えているかな。タブレットで最後に見たものだ」

「……人間の絵でした」天本は観念して答える。

「そう。あちこちから小さな手足が生え、肩から同じ顔がもう一つ生えつつある、人間の絵」

続木は嬉しそうに言った。

「あれはね、分裂しかかっている様を描いたものだ」

「分裂……？」

「鹿も、蛇も、芋虫も全てそうだ。呑み込めたかな。その顔から察するに、まだ少しも理解していないようだね。やれやれ」

小さく頭を振る。

「あの森の植物を食べた生き物は、分裂して増殖するようになるんだよ。そっくり同じものがいくつもコピーされる」

「な、何を馬鹿なことを」

「馬鹿なのは君の方だ、天本くん」

嘲りの笑みを浮かべて、続木は己の額に触れる。

「もう忘れてしまったのかな。なら思い出してみるといい。水房キヨが何をしていたのか。祖父が何を知りたがっていたのか」

馬鹿正直に言うことを聞く自分に呆れながら、天本は記憶を辿った。熱病患者への治療。続木の祖父には隠していた秘密――

「まさか」

「そのまさか、だよ」続木は言った。「キヨは難病の患者を治療していたのではない。治療したと称して、コピーの方を家族に帰していたんだ。森の植物を食わせて、分裂させることでね。分裂してできたコピーは、不思議と病気になっていない。森についての知識を有していたキヨは、それを利用したんだ。元々の患者は放置して死なせた。死体は山奥へと捨てていた。悍ましい。実に悍ましい所業だ」

「そんなことをしても、どこかで破綻するのでは？　コピーといっても中身は別物でしょう」

「ほう、受け入れるのは存外に早いね」

続木は殊更に驚きの表情を作る。

「君の指摘は正しい。コピーとオリジナルは別人だ。記憶まで複製されるわけではない。だが知能や性格は概ね同一で、言葉や日々の簡単な習慣程度ならある程度覚えている」

懐中電灯を天本の顔の方へ向ける。天本は咄嗟に目を瞑《つぶ》る。

「だからキヨがこの方法を使うのは子供だけだった。七つまでの子供だけ。未成熟な子供ならバレにくいという判断だな。実際一度もバレなかった。それに与える量を調節し、一度しか分裂しないようにもしていた」

「それも……あんたの祖父《じい》さんから」

「あんたの祖父さん、ねえ」

ふふん、と楽しげに鼻を鳴らす。

「そうだ。森の秘密、キヨの〝治療〟について知った祖父は恐れ慄いた。村でコピーの子供を見かける度に吐き気を催すようになった。だが、ほどなくして嫌悪や忌避の感情は薄れていった。代わりに芽生えたのが好奇心だ。そして執着だよ。森の植物の作用についてもっと知りたい、全てを解き明かしたい、というね。そして森についても調べ始めた。タブレットで見せた画像と、教えてあげた昔話、あれは全部そうやって収集したものだ」

「ご苦労様ですね」

「ああ。でもこれで全部じゃない。大事なところをまだ説明していないんだ」

「是非教えていただきたいです」

心にもないことを天本は言った。単なる時間稼ぎだった。懐中電灯の光に顔をしかめながら、天本は必死に打開策を考えていた。

続木は楽しげに答えた。

「もちろんだとも」

四

「増えるんだよ。こんな風に、身体から生えてくる。この森の草や実を食べたら、生き物はこういう仕組みになってしまう」

久保くんは言った。土屋さんの胸の上で蠢く、長短合わせて五本の手を、不快そうに見つめている。新しい五本の手は大人のそれだった。うっすら毛が生えて、浅黒くて、血管が浮いていた。

「さっきの鼓麻さんの胴体も、服が膨らんだりしていただろ。同じだよ。服の下で新たに生えた手足が動いていたんだ」

見ているうちにも、手が少しずつ伸びていく。腕も指も太くなっていく。育っている。この距離でもはっきりと分かる。

頭がおかしくなりそうだった。気持ち悪くて吐き気がして恐ろしいのに、笑いそうになっている。でも笑ってはいけない。笑ったらもう、二度と元に戻れない。そんな確信があった。幸いにも疑問が――いくつもの疑問が、わたしをこの現実に繋ぎ止めていた。

震える膝に力を込めて、わたしは訊ねた。

「久保くんは、何なの……？」

素直な疑問だった。

久保くんは小さく笑って、答えた。

「Tの社員だよ。懐疑派と言ったらいいのか」

「かいぎは……」

「最近は代表に不審を抱いている社員もいる。部長の天本さんを筆頭にね。あの人はこの森が何なのか知りたがっているし、この森を一種の拠点みたいにしている代表を怪しんでいる」

すらすらと淀《よど》みなく語る。視線を時折、手の生えた土屋さんの胴体に向けている。

「僕も気になってた。だから天本さんと組んだ。そりゃそうだろ、あんな訳の分からない木のオブジェを飾って、〝討伐〟とか言って。おまけに死体を余計腐りにくく処分している。代表は直属の部下一人を時折、この森に派遣しているようだったし……分かるよね、その一人ってのが鼓麻だ。最初に会った時からおかしいと思っていたんだよ。あんな子は合宿に参加してなかったからね」

久保くんはナイフを手で弄びながら、

「僕は天本さんの手引きで、研修生のフリをして合宿に参加した。僕は店舗展開の部署だから教育担当の社員さんとは面識ないし、バレないだろうってね。合宿は結構キツかったけど。そしたら……太刀川さんに声をかけられたんだ。脱走を考えてる、参加しないかって。あまりにも偶然すぎて、感動したんだ。これは運命だとさえ思った。これを最大限利用しようって決めた」

フッと小さく笑い、

「だから僕は台所に火を付けた。そして脱走する時さりげなく、太刀川さんたちをこの森に誘った。そして今に至る。質問の答えになってるかな」

「う、うん」

馬鹿正直に答えてしまう。

「よかった」

久保くんはそう言って、ポケットからスマホを引っ張り出した。最初から持っていたのだろう。タッチパネルを操作して、何やら調べている。それが終わると、彼は土屋さんの胴体を撮り始めた。最初は画像で、次は動画で。土屋さんの首を斬った時と同じように、冷静に淡々と。わたしはそれをぼんやり見ていた。

久保くんの正体が分かった。ずっと騙《だま》されていた。でも腹は立たなかった。一つの疑問が消え、また新たな疑問が湧いていたからだ。

「え、じゃあ、太刀川さんを殺したのって……」

「今なら分かるよ。鼓麻だ。あのナイフで分かった」

あっさりと答えて、久保くんはスマホを仕舞う。

「太刀川さんは夜中にふらふらと、ツリーハウスから出ていってね。追いかけたらあの木のところで苦しんでた。まさに分裂しかかってたんだ。いや、びっくりしたよ。真っ暗な中で、彼の持ってた懐中電灯の光だけであの刃物の木を見ると、昼間とは桁違いに禍々《まがまが》しいんだよ。おまけにその根元で、太刀川さんが転げ回っている」

わたしはその様を想像してしまう。それだけで身体が震え出す。悪寒で凍えそうになる。さっきまで熱っぽかったのに、その落差でまた目眩がする。

「そうしたら何者かがやって来て、太刀川さんを押さえ、首を斬った。そしてそのまま立ち去った。僕は震えながらそれを見ていた。自分も殺されるかもと思って、小屋に帰った。怖かったよ。真っ暗すぎて走りたくても走れないんだ。でもそれ以上に訳が分からなかった」

これもまた想像する。

暗闇の中、独り歩く久保くんの姿を思い描いていた。嗚咽《おえつ》のような荒い息に、草を踏む音。

「でもね」

久保くんはわたしを見ながら、

「今は分かるよ。ここで何が起こっているのか、Tで代表が何をしているのか。全部が繋がったというかね」

「ごめん、意味が」

「見てれば分かるよ」

久保くんは言った。

土屋さんの胴体から生えてきた中で、一際大きく育った一組の腕が、地面を探り当てた。手を突いて、力を込めている。

身体から出てこようとしている。

分かった途端、ずるっ、と音がした。

肩が、背中が、お腹が、土屋さんの胸から出てくる。肌は透明な液体で濡れていて、ところどころ泡立っている。生臭いにおいが辺りに立ち込める。

目を背けたくなったその時、わたしは違和感を覚えた。異様な光景の中に、一際異様な点を見付けてしまう。土屋さんの胸から腰が出てくる。お尻が、太腿が。

でも――首がなかった。

土屋さんから分裂して出てきた新しい身体には、首から上が存在しなかった。

傍証Ⅸ

「キヨに隠れて、森に立ち入るようになった。そして木を見付けた。木に掛かった無数の紐。そこに括り付けられた刃物。木は一本ではない。何本もあった」

続木は時折夜空を見上げて、うっとりとした様子で語っていた。

天本には既に理解できなくなっていたが、そんなことはもはやどうでもよかった。拘束を少しでも弛めようと身体を少しずつ動かす。

「調べた。調べて調べて調べた。そうしたらぼんやりと分かったよ。時期でいうと明治の終わり頃だ。この森に住む、分裂した人間や獣を何とかしよう、と近隣の村々で話がまとまった。害があるわけではないが、気持ちが悪いから退治しよう、とね」

「気持ちが悪い。なるほど」

「村が襲われたとか、人が食われたとか、森は化け物の巣であるとか、そんな記録がいくつもあったが、どうだろうね。たかが生殖の仕方が変わったくらいで、攻撃的になるかは疑問だ。異質で気に入らない連中を排除したいが先にあって、あいつらは悪い奴《やつ》だから、は後付けだ」

「そうですか」

「その過程で、誰か一人が見付けたようだね。化け物を増やさない方法を、だ。分裂が本格的に始まる前に、首を斬ってしまえばいい」

「ほう、それで分裂が止まると?」

「いいや。コピーが出来損ないになる。首がないんだ。動くことはできるが、飲み食いできず短期間で餓死してしまう。〝奇跡のマイク〟のようにはいかない」

また訳の分からない言葉が出てきたが、天本は疑問に思うのをやめた。

「首を斬る、と」

「そう。いわば必勝法が見付かったわけだ。こうして森の化け物は根絶やしにされた。あの木はその証だよ。化け物どもの首を、この得物で落としてやった。討伐してやった、というね」

「だから、討伐」

呑み込めないまま、単語だけを拾い上げる。

「そう。キヨもその辺りの歴史を知っていたようだが、決して語ることはなかった。彼女なりに理解していたのかもしれない。討伐など愚行だと」

「愚行」

「そう思わないか？　不気味な存在、自分たちと異なる存在を、それを理由に根絶やしにした。愚かと言わずに何と言う」

「ですね」

社会から取り残された人間を言葉巧みに誘って掻き集め、金を巻き上げ、時に殺して埋める人間の言うことではない。この危機的状況で、天本は笑いを堪えていた。そして腹が立っていた。複数の感情が乱れてぶつかり合っている。

「キヨはその後も人々を救い、そして死んだ。うっかり毒草を服用して、何人かの信者とともに中毒死したんだ。だが不審な点は誰にも見付けられず、事故死として処理された。村人はもちろん警察も無能揃いで助かったよ」

「祖父君が殺したんですね」

「ああ。用済みと判断したんだ。政治家との関係は清算されてしまったが、そんなことはどうでもよかった。取り憑《つ》かれてしまったんだよ、森に。森の力に。そして正しい使い方を見付けた」

「正しい使い方」

動いても動いても、少しも拘束が解ける気配はなかった。続木は喋るのをやめていた。もう話すことはなくなったのか。このままでは拙い。とても拙い。天本に焦りが芽生えていた。

続木がシャベルの柄を摑んだ。ざく、と土を掬う。

天本の全身に鳥肌が立った。

五

首のない裸の人間が、土屋さんの身体からずるずると出てきた。男の人だった。体格も肌の色も、全て土屋さんそっくりだった。頭がないことを除けば。

肩の間、鎖骨の上には、つるんとした窪みがあるだけだった。

中腰で、手を前に差し出して、首なしの身体がよろよろと歩き出した。近くの木に触れると立ち止まり、幹に寄りかかる。べたべたと表皮に触れている。

わたしは思い出していた。

これは、この姿は。この動きは。

太刀川さんを捜している時に一瞬だけ見た、あの人影によく似ている。

「さっきも言ったけど、代表は直属の部下を、たまに森に派遣する。表向きは見回りってことになってるけど、太刀川さんが首を斬られるのを目撃して、その後もみんなと脱走ごっこを続けて、分かってきたよ。部下は——鼓麻はここに迷い込む人を、見付け次第殺してるんじゃないかな。そして首を刈る。もちろん増殖しないようにね」

「増殖しない、ように」

「そう。これなら増えない。分かるだろ」

久保くんは幹を抱えている首なしの胴体を、冷ややかに見ていた。視界の隅で何かが動いて、わたしは息を呑んだ。元々の土屋さんの胴体が、ゆっくりと起き上がり、猿のように歩き出した。ジャージの下は倍ほども膨らみ、裾から何かが飛び出している。足の指だった。まだ分裂が続いているのだ。二人に分かれただけでは終わらないのだ。

「太刀川さんの首から下も、きっとこんな風になったんだ。そして森の奥に歩いて行った」

だから胴体がなかったのか。

何者かが運び去ったのではない。自分の足でどこかへ行ってしまったのだ。

「佐原さん、は……」

「証拠はないけど、推理はできるよ」

久保くんは彷徨う二つの胴体に注意を向けながら、

「佐原さん、僕らが寝てる間に、分裂が始まったんじゃないかな。でも当然そんなことは言えなかった。むしろ隠そうとした。自分で何とかしようとした。看護師の経験と知識もあるし、周りに迷惑かけられないし、って」

「そんなこと……」

「ない、とは言えないと思うよ。あの人はそういう人だ」

わたしは反論できなかった。

佐原さんは人に相談なんかしない。できない。

そして悪い方を選んでしまう。

「だから彼女は、僕らから見えない水辺で、生えてきた手足を斬り落とそうとした。途中までは上手く行ったのかもしれないが……逆襲された」

「それって」

「ああ。生えてきた方に刃物を奪われて、自分が殺されたんだよ。首を斬られてね」

何度も言うけど推理だよ、と付け足す。

思い出していた。

滝の上に立っていた、不自然にねじれて歪んだ、ジャージの人物。

「『僕が見た』以外の証拠があれば最高なんだけどね、証拠が……例えば、コピーの佐原さんが来てくれるとか。まあ無理か」

独り言を言ってから、久保くんはわたしを見た。

わたしは必死に考えて、また訊く。

「どうしてそんな、分かるの？　首を斬ったら大丈夫とか、普通は……」

「どんなにいい組織でも、働いていれば気になることも出てくるよ。それらを繋ぎ合わせてたら、まあそういうことだろうなってうっすら分かる」

「いい組織」

「うん。働きやすかった。僕みたいに学のない人間でも、頑張ったら結果を出せたし」

「頑張る」

「うん。たくさん引き入れた。君たちみたいに夢を見てる人たちをさ。喩《たと》えるなら……そうだな、ベンチ入りもできてないのにバッターボックスに立てて、人生の一発逆転ホームランが打てると信じてるお茶目さんたちを」

「お茶目さん」

馬鹿にされているのは分かったが、腹は立たなかった。頭がぼんやりする。悪寒がするのに熱っぽい。どうしたのだろう。どうしてこんなことに。

歩こうとして、足がもつれた。

あっけなく転んでしまう。身体が怠《だる》い。重い。

久保くんはスマホを再び取り出して、カメラをこちらに向けた。

「な、何を」

「ここまで説明して、まだ自覚ないの？　この先に何が起こるか分からない？」

呆れた様子で久保くんが訊ねた。

黙っていると、彼はスマホを構えたまま、

「鮎実さんだって、ここの草や実をたくさん食べたじゃないか」

と言った。

身体の内側で、何かが動き始めた。

傍証X

足から始まって、胸元まで土を被せられていた。

土は想像以上に重く、指さえ動かせない。

これまでか。

天本は恐怖していたが、泣き言も命乞いも口にすることはなかった。畳の上で死ねない予感は、ずっと以前からあった。理不尽な死に方も覚悟していた。

だが。

「埋めない方がいいんじゃないですか」

シャベルを手にした続木に訊ねる。

疑問ではあった。

ここでもまた、死体が腐りにくい方法を採用している。これは絶対にわざとだ。何らかの意図があるのだ。

「バラバラに解体して、川にでも流した方がいい。よほどのことがなければ見付からない」

「それでは困るんだよ」

続木は土をかけながら答えた。

「なるべく長く、金をかけず、バレないように保存するには、これが一番いいんだ」

「保存？」

「ああ」

また土をかける。投げ落とされた土が天本の肩に当たる。「一度冷凍すると、たとえ解凍しても上手く動かせなくてね」

どういうことだ。

また新たな謎が、疑問が生まれる。

「分からないかな。これこそが私の目的なのに」

やれやれと言わんばかりの溜息を吐いて、続木は言った。「金も大事だが、私が一番必要としているのは別にある。これだよ。ここに埋まっているもの、これから埋めるものだ。いなくなっても構わない、誰からも必要とされていない人間の死体」

「何故」

「厳密には、首から下だよ」

「だから何故」

「うっかり森の植物を口にしてしまってね。キヨが亡くなってすぐの頃だ。つまり分裂してしまう。増えてしまう。そんな気持ちの悪い生き方は御免だった。だから考えたんだよ。分裂が迫る中、必死に」

「誰が？　あんたの祖父さんが？」

「薄々気付いていてたんじゃないのか？　今までずっと、ヒントを出してたんだが」

残念そうに言う。

その表情を見ているうちに、頭の中で火が灯るような感覚がした。

死体の保存。

一番必要としている。

首から下。

討伐。

首を斬ればいい。

では。

だったら。

ということは。

まさか。

血の気が引いた。

ひっ、と声が出ていた。

「分かってくれたかい」

続木がニタニタと笑う。ざく、と一際多くの土を掬って、「これまでいろいろ試したけれど、生き埋めの胴体を使うのは今回が始めてなんだ」

ふふふん、と調子外れの鼻歌を歌い始める。

呻き声が出ていた。次いで叫んでいた。

天本は大きな口を開け、恐怖の悲鳴を上げた。

続木がシャベルを振るのが見えた。

湿った土が降り注いで、口を塞いだ。

次いで顔を覆い隠した。

ひんやりと冷たく、質量のある暗黒の中で、天本は泣き喚いた。

六

全身が一瞬で冷え切った。

鳥肌が立って、いつまでも引かない。

なのに身体は熱い。痛い。破裂しそうだ。

「あああ……」

しわがれた声が勝手に出ていた。

「く、久保くん、は」

「少しも食べてない。エナジーTだけで凌いでたんだ。野草なんか食えるかってね。まさかそれがこんな形で役に立つとはね」

久保くんは平然と言った。わたしを撮っている。動画らしい。

新しい首なしの胴体の背中が、遠くに見える。元々の土屋さんの胴体が近くに横たわっている。

その身体は今も激しく蠢いている。ジャージがパンパンに膨らんでいる。

「分裂するところ、ちゃんと撮りたいんだよね……あ、でも」

久保くんは困った顔で、

「増えたら面倒か。面倒だな、やっぱり。仕方ない」

血まみれのナイフを手にして、川の水で洗う。岩場に転がったわたしのところへ、ゆっくりと近付いてくる。

「いろいろ楽しかったよ。命がけのスリルもあったし、謎解きもあった。脱出ゲームってこんな感じなのかな。おまけに長生きの秘訣《ひけつ》だって分かった。まあ僕はまっぴら御免だけど」

その目には何の感情も浮かんでいない。

わたしは痛みに呻きながら、彼を見ていた。目眩が酷くて上も下も分からない。自分が寝転がっているのは辛うじて把握できた。

ここで久保くんは、小馬鹿にしたような笑みを浮かべる。

「じゃあね、聞いたことない芸名の、元アイドルさん」

ナイフをこちらに向ける。

「安心して、土屋さんみたいに、できるだけ楽に殺――」

その笑みがスッと、一瞬で引く。

視線が足元へ向く。わたしもそれにつられて、彼の足元を見る。

「うあ」

わたしは声を上げた。

土屋さんがいた。

首だけの土屋さんが物凄い顔で、久保くんのスニーカーに嚙み付いていた。

久保くんはこれ以上ないほど不快そうな表情をしていた。顔がこの一瞬で蒼白になっていた。

「うう、ぐ」

土屋さんがスニーカーに歯を立てたまま、

「うっこお、す」

と言った。

ぶっ殺す、だと分かった。分かってしまった。

瞬間。

久保くんが弾き飛ばされ、地面に叩きつけられた。

土屋さんだった。

たくさんの手をはだけた胸から生やし、裂けたジャージの下から何本もの新たな足を突き出した、土屋さんの胴体が、久保くんを突き飛ばしたのだった。

不意打ちを食らった久保くんは、打ち所が悪かったのか立ち上がれない。うう、と苦悶《くもん》の表情を浮かべて、岩場に伸びている。

逃げなければ。逃げないと。

思ったけれど動けなかった。ただ痛みに耐える以外、わたしには何もできなかった。

もう、駄目だ。終わりだ。

「くそっ」

久保くんが言った、その直後。

ガサガサ、と茂みを掻き分ける音がした。

足音が岩を伝って、身体を震わせる。

駆け足だ。

変な走り方をしている。

そこまで分かった時。

立ち上がろうとした久保くんの目が、大きく見開かれた。

裸の女の人が、彼に覆い被さった。もつれ合って、転がる。

ぼさぼさの髪。

手は三本あった。足は四本あった。乳房も三つある。でも顔は一つだった。

佐原さんだった。

全裸の佐原さんが、久保くんを組み伏せていた。汚れた顔に浮かんでいるのは、怒りだった。怒って歯を食い縛りながら、久保くんの背中を地面に押しつけていた。そしてわたしを見る。

「にげて」

助けに来てくれたのだ。困っているわたしに、手を貸しに来たのだ。きっと、元々の彼女がそういう人だったから。

反対に久保くんの顔は恐怖に歪んでいた。子供みたいに怯えている。手放したナイフが、地面に落ちた。

ばたばたと踠《もが》く彼の両足に、土屋さんの胴体が覆い被さった。体重をかけて押さえつける。

「うわああ!」

久保くんが叫んだ。

ぎゃあぎゃあと喚きながら頭を振っている。

痛めつけられているわけではない。ただ乗られているだけだ。それだけで絶叫するほど、気持ち悪くて、恐ろしくて、嫌なのだ。

土屋さんの首がスニーカーを噛んだまま、白目を剥いていた。完全に死んだようだった。

そこでわたしは我に返った。身体は痛い。爆発しそうだ。でも、自分がどういう状況にあるか、今更のように気付いた。

土屋さんが助けてくれた。

佐原さんが助けてくれた。

いや、厳密には佐原さんその人ではない。彼女から分裂した人だ。

だったらわたしは、生きなければいけない。

いや、それだけでは足りない。この森から出なければいけない。

考えろ。どうすればいい。何をすれば。

わたしは起き上がる。回らない頭を必死に働かせる。

頭を。首から上を。

不意にこれまでの出来事が思い出された。洪水のように溢れ返る。研修の日々。レクチャー。討伐。死体遺棄。太刀川さんの誘い。あの時、彼は他にも何か言っていた。

脱走してから今までのことも思い出す。

今そこで喚いている、久保くんの言葉。

彼は何か、妙なことを言っていた。

長生き。そうだ、長生きの秘訣。

そうだ。

そうだそうだそうだ。

もし本当なら、これが勘違いでないのなら。

駄目かもしれないが、やるべきだ。いや、やらずにはいられない。

気力を振り絞って、わたしは久保くんの元へ向かった。サバイバルナイフを拾い上げて、彼の顔の側に座り込む。

目が合った。

「久保くんは、Tの人なんだよね。あのクソみたいなとこの」

彼は喚いている。わたしの声を全然聞いていない。

躊躇う気持ちはあった。

でも、チャンスだった。久保くん自身が言っていたことと重なる。

これは運命だ。やれという合図だ。

わたしは久保くんの首を、ナイフで斬った。

彼の見様見真似だったけれど、骨が硬くて大変だったけれど、血で滑って苦労したけれど、最後まで斬った。胴体から切り離すことができた。

彼の悲鳴が聞こえなくなっていて、当たり前だと気付く。これで終わりではない。ここからが本番だ。大事なところだ。

刃を川の水で洗う。

躊躇する前に、わたしは逆手に持ち替えたナイフで、自分の首を刺した。

燃え上がるような激痛と、息ができない苦しみの中で、必死に刃を動かした。肉を切り裂いて骨を断った。

そして――

わたしは自分の首を切断した。

取材　終

「……で、見晴らしのいいところまで山を登って、下りました。久保くんのスマホがあったから、道に迷うことはなくて」

「何故だ」

小田は言葉を差し挟んだ。

鮎実は聞こえなかったのか、話を続ける。

「いや、でもやっぱり大変でした。ほとんど崖みたいなところを下りたりもそうだけど、真っ暗になっちゃうし……」

「だから何故だ」

小田の頬に汗が伝う。冷や汗だった。

「え、いや、だって時間がかかって、日が沈んだから」

「そんなことを聞いてるんじゃない！」

耐えられなくなって、小田は怒鳴った。

ただでさえ信じ難い話だったが、それでも信じて聞き続けた。鮎実の言葉に、声に、耳を傾けることに集中した。常識の枠を超えてはいるが、破綻してはいない。いつしかそんな風に、好意的に受け取るようになっていた。上手くはないが切実な話し方に、そしてその異様な内容に、単純に引き込まれたのかもしれない。

だが。

「自分の首を切断したあなたが、どうして生きて今ここにいる？」

小田は率直に、簡潔に訊ねた。

荒唐無稽にもほどがあった。最後の最後で完全に破綻した。

つまり、これは、要するに。

「担いだんですね？　俺を担いだ。そうなんですね？」

問いかけてすぐ、

「だったらせめて作り話なりの筋を通してくれ。あんただって俺に最後の最後で失望されたくて、こんな何時間も長話をしたわけじゃないだろうが！」

感情に任せて皮肉を投げつける。いつの間にか立ち上がっていた。仁王立ちで鮎実を見下ろしていた。

鮎実はぽかんと小田を見上げていた。そのまま瞬き一つしない。

沈黙が続いた。

居心地の悪さに我慢できなくなった小田が、「ああ、畜生」と溜息交じりに吐き捨てた時、

「本当です」

と、鮎実が言った。髪を掻き回して、

「わたしの話し方が、拙《つたな》かったですね。全部答えられたと思ったんですけど」

「全部？　何の話です？　どこからどこまでを全部と呼んでるんだ？」

「だから……」

鮎実はゆっくりと立ち上がった。

「わたしが体験したことと……Tのこと。あの会社が、どういうところか。何の会社か」

小田は再び溜息を吐いた。今度は諦めの溜息だった。

彼女は頭がおかしい。どうかしている。

だからこんな出鱈目を堂々と、何時間も語っていられたのだ。

「なるほど、よく分かりました」

テーブルのスマホの録音アプリを閉じ、ＩＣレコーダーを停止する。すぐ隣にある煙草のボックスを摑む。

「今回は、ご足労いただきありがとうございました。いや、非常に参考になりましたよ。おかげでいい記事が書けそうです」

お決まりのお世辞を並べ立てて、台所に向かう。

「失礼、煙草を吸わせてください。ちょっと脂《やに》切れでして。吸い終わったらお見送りします。もしお急ぎなら、ここで――」

激しい衝撃を後頭部に受けた。

激痛とともに前後も上下も分からなくなり、ガスコンロに顔面をぶつける。手足に力が入らず、反動で仰向けに、フローリング調のクッションシートに倒れる。意外にも大きな音はしなかった。よかった、と余計なことを、朦朧《もうろう》とした意識の片隅で考える。

やけに狭い視界に、鮎実がぬっと入ってきた。呆《ほう》けた顔で小田を見下ろしている。

「……多分ですけど、Tの偉い人が本当に欲しいのは、死体です。そこそこ健康で、要らない人の死体。集めて、殺して、埋めてる。ラップでグルグル巻きにして」

彼女はしゃがみ込んで、語っていた。

「な、何で……」

「斬った首を、胴体とくっつけるためです。そうしたら分裂しない。増えない。五体満足で生きていける」

「訳が、分からん」

「ごめんなさい」鮎実は悲しげに詫びた。

「でも、本当なんです。わたしがここにいるのが証拠です」

ぎこちなく立ち上がり、自分の平らでひょろりとした体を、大きな手で示す。

右手の甲の真ん中に大きな黒子があった。

「だって、この身体は久保くんのだから」

鮎実は言った。

言葉の意味を理解するにつれ、小田の身体を怖気が襲った。

出会った時から気になっていた。

顔と不釣り合いな体格。それを隠すような服装。

そもそも話の中の彼女と、今の彼女は身長が違う。いや、間違うな。彼女の話は何の根拠にもならない。だが——

「だから、Tの偉い人も、こうやって生きてる」

鮎実が言った。台所の抽斗《ひきだし》を開ける。

「わたしもそうやって生きてる。あの山で一生懸命考えて、思い付いて、やってみたらできた。そういうことです」

「う、うわあ」

彼女の手にしたものを見て、小田は間抜けな声を上げた。包丁だった。

照明の青白い光を反射して、ぎらぎら光っている。

「だ、駄目だ。駄目だ。そんな」

有り得ない。そんなことがあるわけがない。

そう思っているのに、命乞いが止まらない。

この女は嘘つきだ。妄想を垂れ流しにやって来た、頭のおかしい人間だ。絶対にそうに決まっている。なのに——

「調べましたよ。これも頑張って、地道に、一生懸命に。小田さんは独り身だし、友達もいない。やってる仕事だってそんなに凄くない。いてもいなくても、誰も困らない人です。わたしと——わたしたちと一緒」

脂汗で小田の服が濡れていた。

下腹部が温い。失禁したらしい。

ひい、ふう、と分娩室《ぶんべん》の妊婦のように息をして、何とか呼吸を続けている。

涙が出る。逃げ出したい。でも身体が動かない。

「ごめんなさい」

鮎実が詫びた。

「でも、そろそろ替え時だと思って」

そう言うなり、包丁を小田の首に突き刺した。

あまりの苦痛に、小田は思わず目を閉じた。


焼け付くような首の痛みで小田は目を覚ました。

まだ生きている。

部屋の隅に横たわっている。

小田は目を凝らした。

真っ赤に濡れた床が見えた。

しゃがんだ鮎実の足と尻、背中も見える。彼女は血に汚れた手で、床に転がった胴体に触れている。

胴体は小田の服を着ていた。

小田はそこで、全く身体を動かせないことに気付く。そして全てを理解する。

俺は首を切断されたのだ。

そしてまだ意識があるのだ。

叫ぼうとしたが声は出なかった。腹に力を込めようとしたが、腹がなかった。

目が霞《かす》んでいく。

意識が薄れていく。

鮎実が両手で、彼女自身の頭を摑んだ。そしてゆっくりと上に引っ張った。

首が伸びていく。引っ張られた表皮のあちこちが裂け、血が流れ出す。

「うう、う」

鮎実が呻き声を上げた。だんだん大きくなる。苦しげになる。

「うううう——っ！」

ぶちぶちと音をたてて、彼女は自らの首を引き千切った。

首の切断面が、もぞもぞと動いていた。

無数の短い触手が生えていた。磯巾着《いそぎんちゃく》のように蠢き、血を滴らせていた。血は彼女の胴体に落ち、服を赤く染めている。数本の細長い触手が、辛うじて首と胴を繋いでいる。

首の千切れた鮎実はゆっくり、本当にゆっくりと、捧《ささ》げ持った自分の首を、小田の胴体に近付ける。そして——

そこまで見たところで、小田の意識は途絶えた。

エピローグ

深夜一時。

血まみれの身体をシャワーで洗い、バスタオルで拭う。持参した替えの下着を着け、部屋にあった小田さんの服を着て、もう一度部屋をくまなくチェックして、わたしは彼の家を出た。

首はゴミ袋で何重にも包《くる》んで、冷凍庫に突っ込んでおいた。下手にどこかへ捨てるより現場に保管しておく方が、発見は遅れる。

一人で必死に考えて、選んだ方法だった。

新しい身体は動きにくかった。

久保くんと違って小田さんは中年だから、だろうか。息をすると胸が疼《うず》く。それでも、腐りつつあった久保くんの身体よりはマシだった。あの死体特有のにおいもしない。

やっとのことで最寄りの駅に辿り着き、ホームのベンチに座ったところで、わたしはささやかな達成感に浸った。

やり遂げた。

誰にも言えない、胸を張ることもできない、地味な作業を済ませた。だからこそ嬉しかった。

地道に。一つ一つ丁寧に。

積み重ねて、繰り返して。多くを望まず、穏やかに。

今のわたしに相応しい生き方だ。

かつてのわたしが選ばなかった生き方だ。

そうだ。こうやって生きていこう。

Tにも、Tみたいな人たちとも関わらず、ひっそりと。

この先ずっと。


電車がホームにやって来て、止まった。

いくつも大袈裟な音を立てて、ドアが開く。

わたしは立ち上がって、歩いて、ホームと車両のわずかな隙間を跨いで、電車に乗り込んだ。どれも特別なことなど何もない、自然な動作だった。

〈参考〉

・麻耶雄嵩『翼ある闇　メルカトル鮎最後の事件』（講談社文庫）

・村田らむ『誰もが見て見ぬふりをする禁忌《タブー》への潜入で見た誰かにとっての不都合な現実』（竹書房）

・八王子市公式サイトより「『八王子隕石』落下２００年」（https://www.city.hachioji.tokyo.jp/kankobunka/003/002/p020850.html）

この作品はフィクションであり、実在の人物・団体・事件とは一切関係ありません

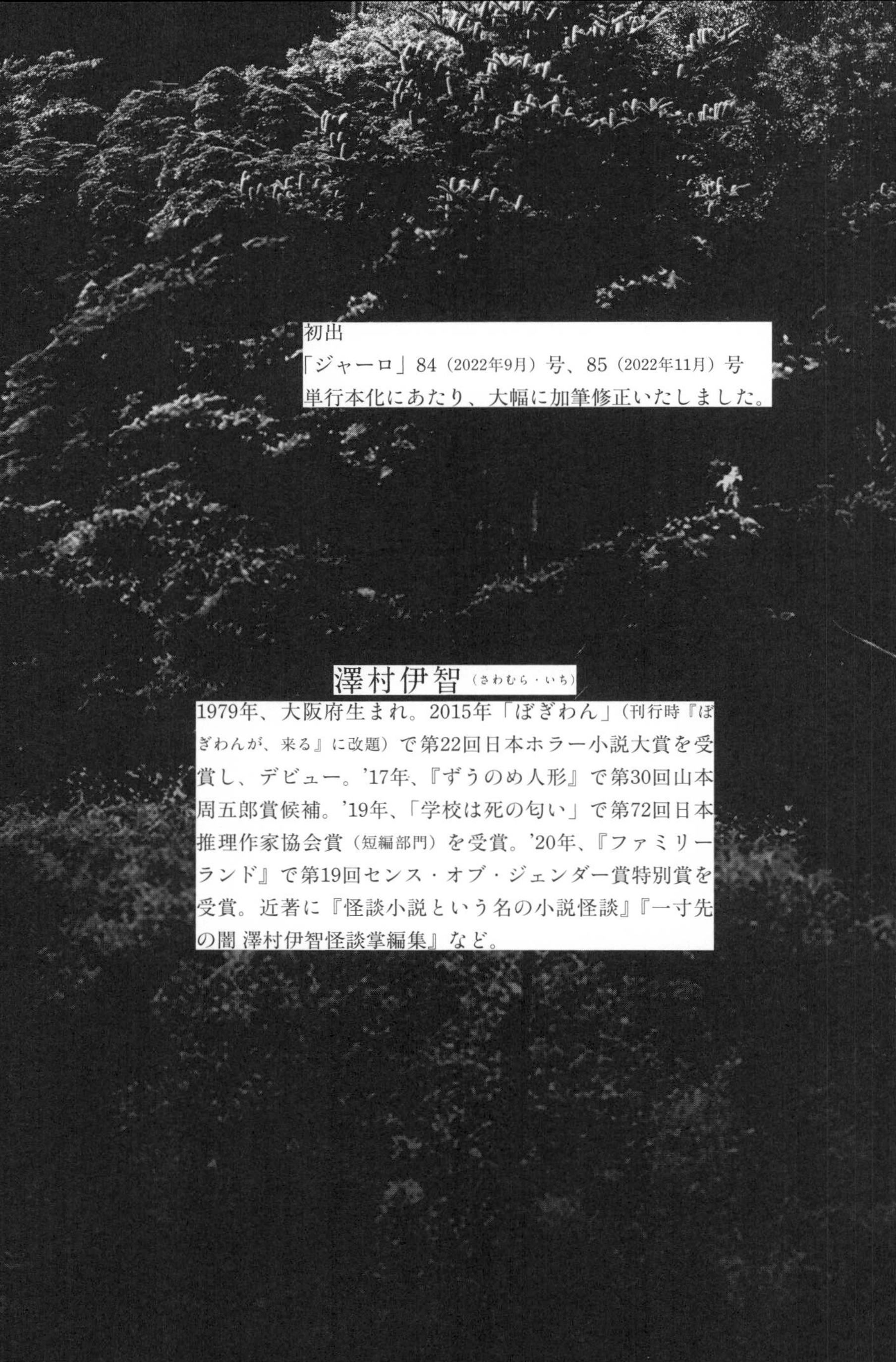

初出
「ジャーロ」84（2022年9月）号、85（2022年11月）号
単行本化にあたり、大幅に加筆修正いたしました。

澤村伊智（さわむら・いち）
1979年、大阪府生まれ。2015年「ぼぎわん」（刊行時『ぼぎわんが、来る』に改題）で第22回日本ホラー小説大賞を受賞し、デビュー。’17年、『ずうのめ人形』で第30回山本周五郎賞候補。’19年、「学校は死の匂い」で第72回日本推理作家協会賞（短編部門）を受賞。’20年、『ファミリーランド』で第19回センス・オブ・ジェンダー賞特別賞を受賞。近著に『怪談小説という名の小説怪談』『一寸先の闇 澤村伊智怪談掌編集』など。

著者　澤村伊智《さわむらいち》

発行者　三宅貴久
発行所　株式会社 光文社
〒112-8011 東京都文京区音羽1-16-6
電話　編集部　03-5395-8254
書籍販売部　03-5395-8116
制作部　03-5395-8125
URL　光文社 https://www.kobunsha.com/

組版　萩原印刷
印刷所　堀内印刷
製本所　ナショナル製本

2024年4月30日　初版1刷発行

斬首《ざんしゅ》の森《もり》

ISBN978-4-334-10302-6